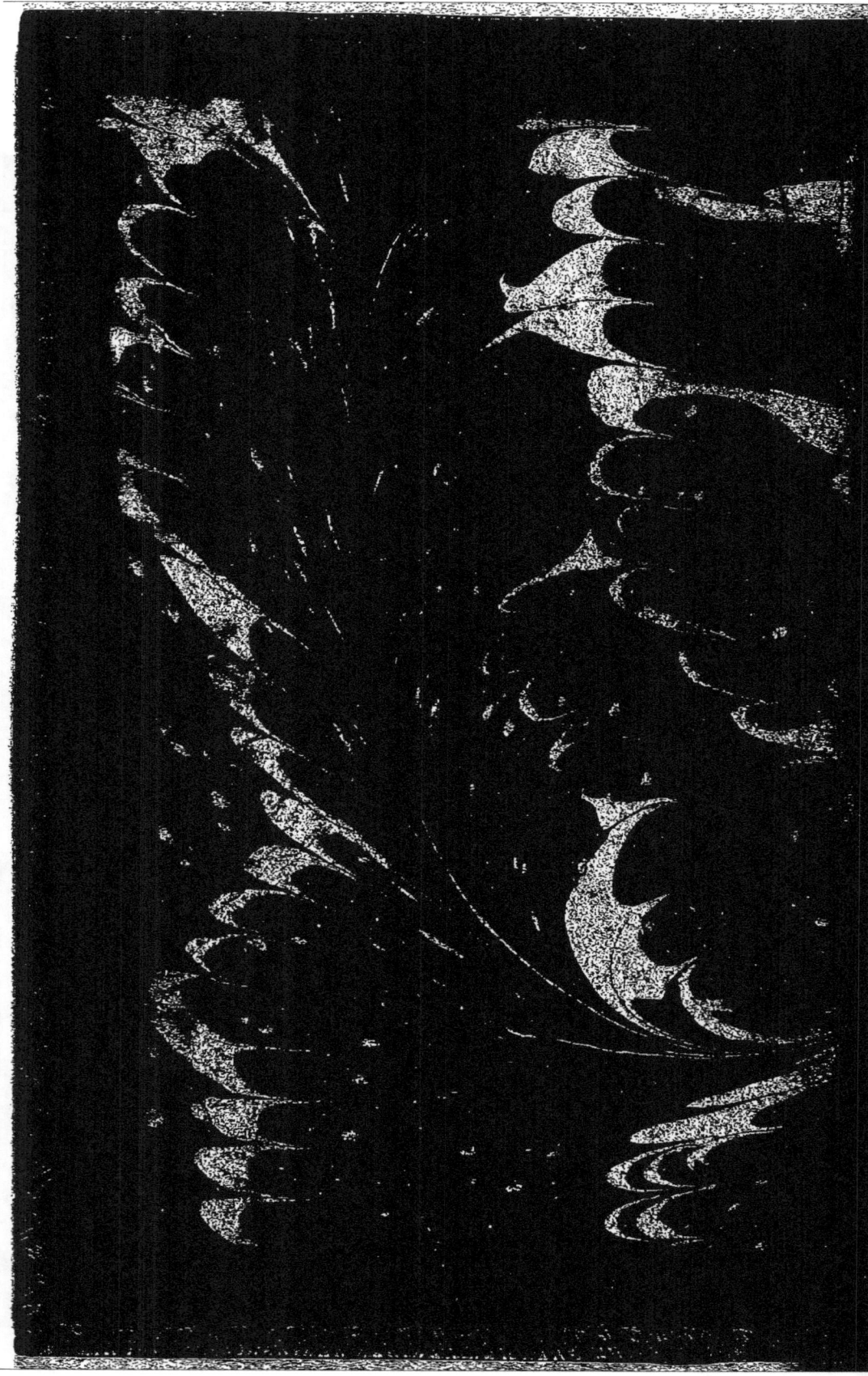

*f. 3*

Reserve

p. 2. 377

# LES
# SACRIFICES
## *DE L'AMOUR,*
### *OU*
# LETTRES
### DE LA VICOMTESSE
## *DE SENANGES,*
### ET DU CHEVALIER
## DE VERSENAI.
#### SUIVIES
## DE SYLVIE ET MOLÉSHOFF.

NOUVELLE ÉDITION.

*PREMIERE PARTIE.*

A AMSTERDAM,

*Et se trouve à PARIS,*

Chez DELALAIN, Libraire, rue de la Comédie Françoise.

M. DCC. LXXII.

Je n'ai pu faire réimprimer ces Lettres aussi-tôt que je l'aurois voulu, de sorte qu'il s'en est répandu des éditions furtives, pleines de contre-sens, de transpositions, & de fautes intolérables. Celle que je présente au Public est, au moins, très-soignée. On n'y trouvera presque point de Lettres où je n'aye fait des changemens. Le tutoyement de Madame de Senanges & du Chevalier avoit déplu; je l'ai supprimé.

Quant au caractere de mon Héroïne, j'ai cru devoir le conserver tel que je l'avois conçu d'abord. La critique qu'on en a faite prouve singuliérement à quel point nos mœurs sont dépravées. On a crié à l'invraisemblance, parce qu'une femme, malgré sa passion, respecte ses liens, est fidelle à ses devoirs, se défend d'une foiblesse; & l'on m'a reproché d'être romanesque à l'excès, parce que je me

suis avisé de peindre un caractere honnête. Il seroit possible, au reste, de
disculper Madame de Senanges, & de
ne la point rendre tout-à-fait respon-
sable de sa vertu. Cette femme si ex-
traordinaire n'est-elle pas enchaînée
par les circonstances ? Elle est enlevée
& mise au couvent, au moment, peut-
être, où elle alloit recouvrer, en se
rendant, la bienveillance de mes Lec-
teurs.

Il est étrange qu'on ne puisse plus
supposer une résistance de six mois,
sans scandaliser la moitié de Paris.
Je demande pardon de l'avoir osé, &
de m'être permis une production d'un
si mauvais exemple.

Une belle Dame, connue par une
foule d'avantures, & qui n'a point le
tort de faire languir ses amans, disoit, après avoir lu ces Lettres :
*Quelle bégueule que cette Madame de
Senanges ! elle m'est antipathique.*
Cette expression de mœurs m'a

bien plus réjoui que n'eût fait un éloge, & peut-être elle en est un.

Je ne justifierai point le ton de Madame d'Ercy. Si je voulois nommer mes modeles, on verroit que je suis loin de l'exagération. D'ailleurs les critiques ne me font plus rien. J'en ai éprouvé de si injustes, de si malhonnêtes, & de si bassement insolentes, que la tranquillité du mépris me préserve à jamais des impatiences de l'amour-propre & de la duperie des réponses.

Le Discours qui précédoit cet Ouvrage n'étoit qu'une esquisse rapide & peu approfondie. Dans cette édition je l'intitule *Avant-propos* ; & comme j'ai eu le tems de le rendre plus court, il vaudra peut-être mieux. J'ai fait imprimer à la suite des Lettres, *SYLVIE & MOLÉSHOFF*, Anecdote Angloise, qui n'est point dans la petite édition de mes Œuvres.

# AVIS DU LIBRAIRE.

Tous les Ouvrages de M. D. se trouvent chez DELALAIN, en neuf volumes du même format.

*Les Malheurs de l'Inconstance*, ou *Lettres de la Marquise de SYRCÉ & du Comte de MIRBELLE* qui sont actuellement sous presse, paroîtront au mois de Novembre prochain.

## *FAUTES A CORRIGER.*

### PREMIERE PARTIE.

*Page* 79, *ligne* 13, qui y laisse, *lisez* qui y laissent.

### SECONDE PARTIE.

*Page* 241, *avant-dern. ligne*; la mort les glace... *lisez* la mort le glace...

*Page* 247, *ligne* 2; vous pouvez, *lisez* vous ne pouvez.

# AVANT-PROPOS.

CE ne seroit peut-être pas une entreprise indigne d'un homme de goût, de jetter un coup d'œil sur les variations arrivées dans le genre de nos Romans, & de marquer, en suivant cette chaine intéressante, les nuances du caractere national, les altérations qu'il a souffertes, les influences respectives des mœurs sur les écrits, des écrits sur les mœurs, les progrès, les révolutions & la décadence de notre galanterie.

Après ces siecles presque fabuleux d'héroïsme & de chevalerie,

a iv

pendant lesquels l'amour étoit plutôt une extase religieuse, qu'un délire profane, & une superstition,
qu'un sentiment, on verroit éclôre
ces volumineuses archives, où figu-
rent des caracteres sans vraisem-
blance, où l'héroïne fait assaut d'esprit avec tout ce qui se présente,
tandis que le héros, plus imbécille
encore que valeureux, se croit obli-
gé de conquérir quelques provin-
ces, avant de baiser la main de sa
maîtresse.

En descendant vers ces tems où
les hommes & les femmes se voient
de plus près, se respectent moins,
& jouissent davantage, mais toujours sous le voile de la décence,
dernier vestige de l'ancien culte;
le Roman aquéreroit de la vie, de
l'intérêt & de la vérité. On se re-

poseroit sur des intrigues moins compliquées ; on applaudiroit à la foiblesse aux prises avec la séduction, aux douleurs de la résistance, à l'ivresse de la défaite, sur-tout à ces repentirs touchans, dont il est si doux d'avoir à triompher.

Enfin arriveroient ces jours d'aisance dans les mœurs, & de bouleversement dans les principes, où des hommes, élégamment vicieux, trompent & sont trompés, n'attaquent les femmes, que pour obtenir, s'ils le peuvent, le droit de les mépriser, & sont en cela même plus méprisables qu'elles. C'est alors qu'il faudroit avoir recours aux fastes des Hamilton, & sur-tout au code ingénieux du Philosophe charmant à qui nous devons le *Sopha*, les *Egaremens du cœur* & *Tançaï*, de ce juste

appréciateur du siecle, de ce Peintre profond de la frivolité, qui s'est
ménagé des vues sur tous les bou-
doirs, qui semble y avoir surpris la
volupté savante de la prude, les
soupirs distraits de la coquette, &
l'ivresse de ces Dames, qui ont au
moins autant de promptitude dans
les sensations, que de délicatesse
dans les sentimens.

Ce rapprochement d'époques
pourroit devenir curieux, & déve-
lopper en partie l'histoire si impar-
faite du cœur humain; mais ce plan
me méneroit trop loin, & seroit
presque la matiere d'un ouvrage.
Je me contenterai de quelques réflexions, semées sans ordre, sur le
genre dans lequel je m'essaie aujourd'hui.

Nous avons une foule de Ro-

mans satyriques, légers, galans ou
licencieux ; mais qu'il en est peu
où les mœurs soient peintes, &
les passions en mouvement, où
l'homme se retrouve tel qu'il est
dans la nature ! Humiliés par la di-
sette de ces tableaux intéressants &
vastes, nous avons eu recours à nos
voisins, plutôt par un goût de mode,
que par un véritable attrait. Il est
certain qu'ils l'emportent de beaucoup sur nous dans les peintures for-
tes ; il y a dans le caractère des Anglois, je ne sais quelle seve énergi-
que, qui se communique à leurs
écrits. Les compositions sont *larges*
& grandes, quand la liberté taille les
pinceaux ; & tel homme seroit tout
dans une république, qui n'est rien
ailleurs.

Les productions d'un citoyen de

Londres se ressentent quelquefois de l'effort du travail, incompatible avec les grâces ; mais, la convulsion passée, l'effet se développe & reste. Nos ouvrages sont pour la plûpart des especes de miniatures, où le *pointillé* domine. Qu'attendre de cet enfantillage élégant ? Il éteint l'imagination & glace la sensibilité. Pour arracher à la nature quelques-uns de ses secrets, il faut être nourri de méditations, de recueillemens solitaires, de l'enthousiasme du bien, & de cette mélancolie, qui marque d'une empreinte auguste toutes les idées qui en émanent. Voilà ce qui distingue les Ecrivains Anglois. Ils fouillent dans les profondeurs de l'ame ; nous jouons sans cesse autour de sa superficie : ils prennent la passion sur le fait, nous l'exprimons par réminiscence : ils exécutent d'après des physionomies distinctes & variées, nous esquissons d'après des masques qui se ressemblent.

On les a plusieurs fois accusés de s'appesantir sur les détails ; mais ces détails mêmes sont le secret du génie. Les Observateurs Britanniques né négligent rien, quand il s'agit de l'étude de l'homme ; ils savent que le physique est le flambeau du moral ; Un Anglois qui me regarde, me juge ; tel François me fréquente long-tems, sans me connoître. L'un a le coup d'œil attentif & sûr ; celui de l'autre est vague & indéterminé.

C'est du repos de l'ame, de l'esprit & des sens sur les différens objets, que naissent ces prétendues inutilités, dont les Romans de nos voisins sont remplis ; elles leur servent à préparer les grands effets , & à graduer les impressions : dans les nôtres , le Peintre paroît presque toujours , il veut être à la fois tous ses personnages. Ce n'est plus une action qui se passe, c'est une singerie qui me choque & m'attriste. A force de vouloir polir chaque partie, nous faisons un squelette de l'ensemble. Nous ressemblons à ces Artificiers ingénieux , qui dirigent savamment d'éblouissantes étincelles ; l'Anglois est le Mineur consommé , qui se cache dans les entrailles de la terre, y exerce son art souterrain, & n'étonne qu'au moment de l'explosion.

Ce qui nous rend sur-tout très-ridicules , c'est la manie de paroître ce que nous ne sommes pas. Les Insulaires, dont nous nous croyons les émules, naissent penseurs ; nous tâchons de le devenir ; & lors même que nous y réussissons, l'effort se fait appercevoir *. C'est le cas de nous comparer aux nouveaux parvenus. La mal-adresse de leur faste fait deviner leur origine.

Dans le parallèle que je viens d'ébaucher, on trouvera, je crois, quelle est la cause de la supériorité des Romans Anglois sur les nôtres. D'ailleurs ce genre est décrédité parmi nous, par la foule des mauvais ouvrages qu'il a occasionnés. Ils sont ordinairement le fruit d'une

---

* Il est plusieurs exceptions en notre faveur ; mais elles ne détruisent pas mon sentiment, que je soumets d'ailleurs à des esprits plus éclairés. En France quelques particuliers donnent le ton ; en Angleterre, c'est la nation qui pense.

imagination incontinente , d'une corruption qui déborde & se répand. Le Roman, tel qu'il doit être conçu , est une des plus belles productions de l'esprit humain, parce qu'il en est une des plus utiles : il l'emporte même sur l'histoire , ce qu'il ne seroit pas difficile de prouver.

L'histoire n'est le plus souvent qu'un tableau monotone de vices sans grandeur, de foiblesses sans intérêt; qu'une collection de faits, piquants pour la curiosité seulement, & en pure perte pour la morale. Le Roman, quand il est bien fait, est pris dans le systême actuel de la société où l'on vit ; il est , osons le dire, l'histoire *usuelle* , l'histoire utile , celle du moment.

Le but moral de celui qu'on va lire , est de prouver, d'un côté, qu'une femme qui aime, peut remplir tous les devoirs qui contrarient sa passion, & n'en être que plus intéressante ; de l'autre, qu'il n'y a point de sacrifice que cette femme ne puisse obtenir de l'homme le plus amoureux, s'il est vraiment digne d'être aimé.

J'ai tâché de distinguer autant qu'il m'a été possible, le style de mes différens personnages. Quand l'amante s'exprime comme l'amant, ni l'un ni l'autre n'attache. Les hommes, en écrivant, ont plus de vivacité, peut-être plus d'élan, les femmes plus de sensibilité, de mollesse & d'abandon ; elles puisent tout dans leur ame.

Je n'ai point chargé ces Lettres d'incidens romanesques. J'ai mis en jeu des caracteres & des passions.

*I. Partie.* *b*

La peinture des mœurs suffit à l'esprit, & tout est événement pour le cœur. Que de nuances ! Que de révolutions ! Quelle instabilité dans le même sentiment ! Malheur à celui qui, pour écrire, en est toujours réduit à imaginer ! Il parle souvent une langue étrangere ; & l'on est bientôt las de l'entendre.

Je ne me suis point astraint à faire suivre les réponses. J'ai craint l'ordre fastidieux de cette marche. Je n'aime pas plus les livres trop méthodiques, que les jardins trop alignés. Quelquefois mon Héroïne répond à une Lettre qu'on n'a point vue, & laisse sans replique celle qu'on vient de lire. On se plaît à franchir les intermédiaires, sur-tout dans un sujet où l'imagination peut si aisément y suppléer.

Je n'ai pas non plus coupé l'intérêt ( quel qu'il soit ) par ces Lettres épisodiques & fastueusement raisonnées, qui forcent le Lecteur à la discussion , quand il voudroit ne se livrer qu'au sentiment.

Ce que j'ose me promettre , c'est que si je ne trouve point grace devant quelques Critiques sévéres , je serai consolé par ces juges plus indulgens , qui cherchent moins dans un ouvrage les grâces de l'exécution, que l'esprit général qui l'a dicté.

LETTRES

C. p. Marillier inv.                    A. j. Du Clos sculp. 1771.

# LETTRES

### DE LA VICOMTESSE

## DE SENANGES,

### ET DU CHEVALIER

## DE VERSENAI.

## LETTRE I.

*Le Chevalier, au Baron de* \*\*\*.

QUE je vous porte envie, mon cher Baron! quoique vous soïez encore dans l'âge où l'on ne renonce à rien; vous avez quitté Paris, pour vivre dans vos Terres: vous préférez à son tumulte la douceur d'une retraite

*I. Partie.*     A

philosophique & tranquille. C'est-là
que votre ame s'éleve, qu'elle se forti-
fie contre les besoins factices qui dé-
solent les sociétés. Car tout me prouve que l'homme social est puni par les
goûts mêmes dont il avoit espéré ses
plaisirs. Vous voilà hors de la tourmente. Vous n'avez point de liens,
( j'en excepte ceux de l'amitié, ) qui
mettent votre repos à la merci des
autres. Une fortune considérable ne
vous rend dépendant des hommes que
par le bien que vous aimez à leur faire.
Vos vassaux sont heureux. Vous ani-
mez le travail : l'industrie naît de
l'encouragement que vous lui donnez.
La fertilité des campagnes est le luxe
de votre domaine, & votre bonheur
est, pour ainsi-dire, réfléchi dans tous
les êtres qui vous environnent. Quelle
riante perspective ! Mais plus mes
yeux m'y portent , plus les circonstances m'en écartent. Le calme n'a
jamais été si loin de moi.

Qu'allez-vous penser en lisant ma lettre ! Est-ce là le ton de mon âge ? Que voulez-vous ? Mon style prend la teinte de mon ame : cette ame, si ardente, est triste, mélancolique, & n'en est pas moins agitée.

Il y a six ans que je suis entré dans le monde. L'ardeur de m'avancer, un goût vif pour le plaisir , l'effervescence de la jeunesse, une imagination brûlante, m'ont jusqu'ici répandu hors de moi. Dans l'âge où j'ai paru, tout plaît , tout enivre ; les souvenirs du passé sont doux , le présent transporte ; on voit l'avenir en beau ; la tête fermente, le cœur s'allume, on vit dans un monde enchanté. Heureux temps où l'on jouit pour jouir encore, où les lueurs d'une raison momentanée ne montrent que les agrémens de la vie, sans en éclairer les écueils ! mon ami, je sors des jardins d'Armide, le désert étoit au bout.

Ne croïez point encore une fois que

çet état, soit de la langueur : c'est au contraire l'inquiétude vague d'une ame avertie d'un plaisir nouveau.

Je n'ai point à me plaindre de la fortune. J'ai un régiment ; je plais à une des femmes de la Cour dont on vante le plus l'esprit & la figure : son crédit augmente de jour en jour ; ma position fait des jaloux & ne me rend point heureux. Vous l'avouerai-je ? c'est cette même femme dont le zèle m'a été si utile, & qui d'ailleurs posséde tous les charmes, toutes les séductions ; c'est elle en partie qui est la cause de mon chagrin. Vous l'avez rencontrée quelquefois : il est impossible de réunir plus d'avantages extérieurs & de moïens d'être aimable. Elle a pour plaire des secrets qui ne sont qu'à elle. Elle est belle, & l'on seroit tenté de l'en dispenser. Elle a tant de grâce, que sa beauté lui devient presqu'inutile. Mais hélas ! tout cela n'est que la magie du moment. Le caractere est

celle de tous les jours ; le sien est léger, superficiel, altier. Sa tête la trompe sur les mouvements de son cœur :
Dieu sait ce qui résulte de ce faux
calcul. Elle est jalouse avec hauteur,
exigeante sans tendresse, capricieuse,
à un excès que je peindrois mal , & le
caprice est presque toujours chez les
femmes en proportion de leur froi-
deur. Il est en elles , je l'imagine au
moins, une espece de révolte contre
la nature; elles se vengent de n'être
pas sensibles, & nous punissent de ne
pas réussir à leur créer un cœur.

La Marquise d'Ercy joint à tous
ces défauts une ambition démésurée
qui la subordonne en quelque sorte à
toutes les variations du crédit. Son
ame, osons le dire, est gâtée par
l'intrigue, par ce besoin de briller,
le poison des vertus douces, des plaisirs vrais & de toute félicité.

Vous voïez que je ne l'aime plus,
puisque je la juge. De - là les idées

sombres qui s'emparent de moi. Je
lui ai les plus grandes obligations,
&, avec celles de son âge, vous savez qu'on ne s'acquitte que par l'a-
mour. De jour en jour le mien s'é-
teint; mais il semble que ma reconnoissance augmente à mesure qu'il
diminue. D'après ce que je vous confie, je suis trop honnête pour n'être
pas très-malheureux. Je n'ai pas envi-
sagé un seul instant que, si je blesse
son amour propre, je m'expose à sa
vengeance; je ne me souviens que de
ses bontés passées : elles laissent dans
mon ame des traces profondes. Je
pleure la perte d'une illusion qui me
voiloit ce qui me détache. J'aurois
voulu la garder jusqu'au dernier soupir, & pouvoir transformer toujours
en vertus les défauts de ma bienfai-
trice.

Plaignez - moi, Baron ; plaignez-
moi : le mal est sans remede. J'aide
moi-même la fatalité qui m'entraîne

vers cette ingratitude que je me reproche. J'aime un autre objet. J'ai le
double tourment d'un amour qui ex-
pire & d'une passion qui va naître.
L'embarras de quitter une femme,
la crainte de ne pas plaire à une autre, la satiété de tout ce qui n'est pas
elle, le combat des principes contre
les sentimens, voilà ce que j'éprouve,
ce qui me désespère ; & cette situation
est peut-être l'époque la plus intéressante de ma vie, par le degré d'importance que j'attache au nouveau
penchant qui m'occupe. Vous connoissez celle qui en est l'objet. Que
dis-je? Vous l'avez toujours estimée.
Je me rappelle avec délice les éloges que vous m'en faisiez autrefois.
Ils me sembloient outrés ; que je
les trouve foibles aujourd'hui! Après
tout ce que je viens de dire, ai-je
besoin de vous nommer la Vicomtesse de Senanges ? C'est elle , oui,
c'est elle qui va me fixer pour jamais.

Il y a deux mois environ, que je me trouvai chez la Princesse de **. L'assemblée étoit nombreuse, en femmes sur-tout. Quelques-unes étoient jolies, toutes croyoient l'être, pas une ne me sembloit intéressante. On annonça Madame de Senanges. Comme j'en avois beaucoup entendu parler, & que je la rencontrois pour la première fois, je me félicitai en secret de l'occasion qui s'offroit de la connoître. A peine fut-elle entrée, les regards se tournerent vers elle, ceux des hommes pour l'admirer, ceux des Dames dans une autre intention. Après l'examen le plus curieux & le plus sérieusement prolongé, ne pouvant se dissimuler des charmes qui frappoient tous les yeux, elles ne furent plus maîtresses de leur dépit, & le laisserent éclater dans leurs propos, dans leurs gestes, leurs questions, leurs réponses ou l'affectation de leur silence. La Princesse elle-mê-

me qui n'est plus dans l'âge des prétentions, trouvoit que Madame de
Senanges étoit vraiment trop jolie ce
jour-là, & que l'on ne tombe pas ainsi
dans un cercle de femmes pour les
éclipser toutes, à l'heure qu'elles y
pensent le moins. Je m'apperçus de la
conjuration, & n'eus garde d'en être
complice. La conversation languis-
soit. Elle ne se réveilloit que par ces
tristes monosyllabes qui annoncent
l'ennui. Madame de Senanges commençoit à se déconcerter. Ses beaux
yeux erroient de toutes parts avec un
embarras qu'elle ne se donnoit pas la
peine de cacher ; elle sembloit im-
plorer une indulgence dont elle a si
peu besoin. Je vins à son secours ;
je mis l'entretien sur les événemens
qui occupoient alors la société. Je
n'oublierai jamais le regard qu'elle me
jetta, comme pour me remercier de
mon adresse. Son ame y étoit toute
entiere, & la modestie qui l'accom-

pagnoit, n'enlevoit rien à son expression : ce regard me perdit. Madame
de Senanges fut charmante tout le
tems de sa visite. Elle parla avec cette
négligence que vous lui connoissez,
& le son de sa voix pénétroit jusqu'à
mon cœur. Il lui échappa une foule de
traits spirituels que je fis valoir pour
les autres & que je recueillis pour moi.
Elle se vengea de ces Dames en les faisant oublier, & ramena par sa gaîté
douce quelques-unes de celles qu'elle
avoit aigries par sa figure.

Après ce triomphe, auquel j'étois
ravi d'avoir contribué, elle sortit, &
je la suivis, par une de ces impruden-
ces dont on ne se rend pas compte, &
que j'ai regardée depuis comme l'indiscrétion d'un cœur qui ne m'appar-
tenoit déja plus.

Depuis ce moment l'image de Mad.
de Senanges m'étoit toujours présente.
La chercher au bal, au spectacle, n'y
regarder qu'elle, être sans cesse à son

passage, c'étoient là mes seuls plaisirs. Plus de courses, de soupés; plus
de ces tournées fatiguantes que l'on
nomme visites, & que je suis tenté
de nommer à présent un commerce
d'ennuis entre des esprits froids & des
cœurs désœuvrés.

Comme tout change aux yeux des
amans ! L'amour fait un univers pour
les ames qui sentent. C'est cet uni-
vers-là que j'habite. Au milieu de la
foule, je suis seul.

Six semaines s'étoient écoulées depuis notre première entrevue. Je ne
pouvois plus souffrir de ne la voir
que dans les lieux où tout le monde
va. J'abhorre les regards publics ; il
me semble qu'ils profanent ce que j'aime. Enfin j'appris que le vieux Duc**
mon parent, alloit souvent chez elle,
& qu'il étoit depuis long-tems au
nombre de ses plus intimes amis: je
le priai de m'y présenter. Il me pro-
mit d'en parler, me tint parole, ob-

tint ce que je désirois avec tant d'ardeur, & m'y mena quelques jours
après.

Voilà où j'en suis, mon cher Baron;
je la vois deux ou trois fois par semai-
ne. Que les autres jours sont tristes!
Je jouis de sa conversation, je m'enivre d'amour auprès d'elle. Je n'ai pas
encore osé me découvrir. Rien ne per-
ce dans mes discours : elle n'a pas l'air
d'entendre mes regards ; mais je la
vois, je suis heureux.

Je vous ouvre mon cœur; je vous
expose sa situation, pénible d'un côté, inquiéte de l'autre. Je me jette
dans les bras de l'amitié. Vous le savez, mon ami, je ne vous ai jamais
rien caché. Pour prix de ma confiance, parlez-moi de Mad. de Senanges;
& sur-tout ne me conseillez jamais de
renoncer à mon sentiment. Une autre
grace que je vous demande, c'est de
lui écrire & de.... Je ne sais ce que je
dis ; mais vous êtes indulgent, n'est-

ce pas ? & d'ailleurs les amans ne sont-ils pas des êtres privilégiés à qui l'on doit tout pardonner ? Vous avez été lié; vous l'êtes encore avec Mad. de Senanges, vous avez mille détails à me mander ; tous sont intéressants pour moi.

Concevez-vous les bruits qu'on fait courir sur cette femme charmante ? Est-il vrai qu'elle soit coquette ? Est-il vrai.... Non, non. Je ne crois rien de ce dont on l'accuse. Les femmes supérieures sont enviées, calomniées: ne cherchez point à me désabuser. Je ne crois, Baron, qu'à mon amitié pour vous & à mon amour pour elle.

# BILLET

*Du Chevalier de Versenai , à Mad.*
*de Senanges.*

JE vous envoie, Madame, les anec-
dotes de la Cour de ***; ce livre mérite votre attention. Les Héros d'une
Cour galante & polie, seront sans
doute de votre goût. Vous trouverez
dans cet Ouvrage, des amants vrais &
des femmes sensibles; vous ne croïez
pas aux uns , vous craignez de res-
sembler aux autres. Puissiez-vous ne
pas penser toujours de même !

# LETTRE II.

*Du Chevalier, à Mad. de Senanges.*

Ah ! vous avez beau dire : vous avez beau condamner à l'amitié les hommes qui vous connoissent ; tous ne vous obéiront pas. Lorsqu'on réunit aux attraits qui enivrent, les qualités qui attachent, il faut s'attendre à un sentiment plus vif, sur-tout ne s'en pas *défier* : c'est votre terme favori, & il ne vous échappe pas une expression que mon cœur ne retienne. Que vos préjugés sont cruels ! qu'ils sont peu fondés ! sachez vous juger mieux ; ils seront bientôt évanouis.

Eh quoi ! Madame, si quelqu'un vous aimoit, comme vous méritez de l'être, quoi ! jamais l'excès, ni la vérité de sa passion ne pourroit vous inspirer de la confiance ? Vous feriez à l'amant le plus tendre l'injure de ne

lui croire que de l'adresse, & il faudroit, avant d'arriver à votre ame,
qu'il dissipât tous les ombrages de
votre imagination? N'importe.... Je
m'expose à tout, même à votre colere: c'est sur moi que doivent tomber vos soupçons. Oui, mon sort aujourd'hui dépend de vous; &, quelqu'affreux qu'il puisse être, je suis
trop heureux qu'il en dépende. Si
cet aveu vous déplaît, il faut m'en
punir. Parlez-moi avec la naïveté de
votre caractere; désespérez-moi sans
pitié. Il me restera toujours une consolation, celle d'idolâtrer un objet
charmant, de nourrir en silence un
sentiment que rien ne peut changer,
& d'avoir à vous sacrifier tout le bonheur de ma vie.

Du moment que je vous ai vue,
Madame, j'ai senti le desir de vous
connoître; je ne vous ai pas plutôt
connue, que toutes les autres femmes
ont disparu pour moi. Si vous condamnez

damnez mon amour, vous ne pourrez attaquer les motifs qui l'ont fait naître. Je ne vous parlerai point de vos agré-mens personnels.... Eh ! qui en réu-nit plus que vous ?... C'est votre ame qui m'a décidé, & je m'estimerois bien peu, si je savois résister à un charme de cette nature.

Un autre, Madame, vous deman-deroit pardon d'un pareil aveu; moi, je m'excuse de l'avoir différé. Tout attachement vrai a des droits, sinon au retour, du moins à l'indulgence de celle qu'on aime; & il n'y a que de pe-tites ames qui rougissent d'avouer ce qu'il est glorieux de sentir. Encore une fois ne craignez point de m'affli-ger : je m'attends à tout.... Mais, de grace, ne m'affligez que le moins qu'il sera possible.... Je n'ai pas, je crois, besoin de figner, pour être reconnu.

*I. Partie*          B

# LETTRE III.

## *De Mad. de Senanges au Chevalier.*

Vous me demandez, Monsieur, de ne vous affliger que le moins possible ; & vous m'affligez, vous ! quand je le croyois mon ami, quand cette idée faisoit mon bonheur, il n'est.... N'importe ! je vous rends justice ; vous êtes honnête, sans doute, & plus qu'un autre : mais l'amour ne m'en fait pas moins une peur affreuse : eh ! comment ne lui pas préférer l'amitié ? Son charme est pur, il ne doit rien à l'illusion, ne tient point au caprice ; l'estime en forme les liens, le tems les resserre, jamais aucun remords n'en trouble la douceur ; car enfin on ne nous permet pas d'aimer, à nous autres femmes. L'usage n'a point détruit le préjugé ; malgré l'exemple il subsiste dans nos cœurs, sans doute à plaindre, lorsque nous lui sacrifions

notre penchant ; sûrement méprisées ,
alors qu'il nous entraîne, nous sommes condamnées à être coupables ou
infortunées. Voilà le sort des femmes,
& on les croit heureuses ! Elles qu'on
attaque si souvent par air , qu'on sou-
met sans reconnoissance , qu'on calomnie si légerement ! elles qui ont à
craindre, en aimant, non - seulement
l'inconstance, l'indiscrétion d'un seul,
mais encore le blâme de tous ! Croyez
pourtant que je sais faire des différen-
ces , & que j'apprécie tout ce que vous
valez. Ma défiance n'est pas désobli-
geante ; elle ne roule que sur un seul
article : je serois bien fâchée de la perdre ; fût-elle injuste, elle est nécessaire.
Réfléchissez-y ; votre âge, vos liaisons,
les circonstances où je me trouve,
tout devoit vous défendre un sentiment pour moi ; tout sembloit au
moins devoir vous en interdire l'aveu.

❦

B ij

# LETTRE IV.

*Du Chevalier à Mad. de Senanges.*

Eh bien! Madame, je vais donc me faire une étude de dissiper, au moins, vos préventions; &, quand votre défiance aura disparu, vous conviendrez qu'elle n'étoit pas l'ennemi le plus cruel que j'eusse à combattre.

Quoi qu'il en soit, je ne puis me repentir. L'aveu qui m'est échappé est une jouissance pour mon cœur; il me donne au moins des droits à votre amitié, & tout sentiment qui part de votre ame, ne peut être indifférent à la mienne. J'ai connu quelques femmes: presque toutes aimoient mieux inspirer des desirs que de l'amour. Vous seul avez rempli l'idée que je me suis faite de l'être avec qui je voudrois passer ma vie; vous seule avez tout; & il semble que, dans vous, les graces aient pris plaisir à parer la vertu. Combien je veux vous aimer! combien, hélas! je voudrois vous plaire! Je veux, au moins, que vous disiez un jour: pourquoi n'ai-je pu m'attacher à lui? Peut-être il eût fait mon bonheur, & j'étois sûre de faire le sien.

~~~~~~~~~~~~~~~~~~~~~~~~~~~~~~~~~~~~

# LETTRE V.

## Du Chevalier à Mad. de Senanges.

S<small>I</small> vos beaux yeux se sont ouverts
trop tôt, refermez-les. La répétition
du nouvel Opéra-comique n'a point
lieu. Les Acteurs sont malades, les
rôles ne sont point sçus, l'Auteur se
plaint, moi, je me désespere, & vous,
Madame, vous allez vous rendormir.
Votre voyage est-il toujours fixé à
demain? Vous partez, pour huit jours!
Que de siécles! Votre société a pour
moi un charme inexprimable, & je
n'envisage qu'avec le plus vif regret
le tems de votre absence. Si vous pouviez lire au fond de mon cœur, & savoir à quel point il vous est dévoué,
vous me pardonneriez des sentimens
aussi purs que l'ame céleste à qui j'en
dois l'hommage; ils feront mon malheur, sans doute; mais il est impossi-

ble que vous m'en fassiez des crimes!
Que de choses, à propos d'une répétition d'Opéra-comique!.... Je ne sais
plus ce que je dis; je ne sais trop ce
que je deviendrai: mais ce que je sais
à merveille, c'est que je ne cesserai
jamais de vous aimer.

# LETTRE VI.

## *De Mad. de Senanges, au Chevalier.*

### Du Château de........

JE méne ici une vie bien sage. Je me couche de bonne heure ; je joue peu ; je m'enferme pour lire : nous avons beaucoup de monde ; nous avons, hélas ! un certain Monsieur, dont je vous ai parlé ; il est plus métaphysique que jamais ; il disserte, à tort & à travers, tant que la journée dure. Je l'écoute, quand je peux : je le comprends rarement. Je ne le contrarie point, sa poitrine est plus forte que la mienne ; il prend ma foiblesse pour de la docilité, il est assez content de moi. La position du lieu que j'habite est fort agréable, sur-tout celle d'un pavillon délicieux, que la riviere borde, & où nous allons prendre l'air, comme s'il ne faisoit pas froid. Malgré tout cela, je reviendrai à Paris avec plaisir. Les printems ne sont plus que des hivers prolongés. Mille grâces des trois lettres que vous m'avez écrites.

A propos, la Duchesse de * * *, dont le Château est voisin de la maison où je suis, est venue nous voir hier : elle nous a amené les personnes qui étoient chez elle. La Marquise d'Ercy avec qui, dit-on, vous êtes extrêmement bien, en étoit. L'entretien est tombé sur vous ; vous devez être content, Monsieur, très-content de l'intérêt avec lequel elle en a parlé. J'ai cru vous plaire, en ne vous le laissant pas ignorer. Il y a toute apparence que vous obtiendrez la place qu'elle sollicite pour vous à la Cour. Je vous en fais mes compliments, ainsi que de votre constance : elle augmente la bonne opinion que j'avois de cette Dame, & l'estime que j'ai pour vous.

## LEETRE VII.

*Du Chevalier, à Mad. de Senanges.*

Si j'étois *extrêmement bien* avec la Marquise d'Ercy, comme vous avez l'air de le croire, Madame, je n'aurois point risqué, près de vous, un aveu qui ne pouvoit échapper qu'à l'amour le plus tendre, & le plus résolu à tous les sacrifices. Je ne vous dissimulerai point le goût très-vif que j'ai eu pour elle : vous n'ignorez pas, non plus, les services qu'elle m'a rendus. Le goût est passé, il ne reste que la reconnoissance ; & votre cœur n'est point fait pour désapprouver ce qui honore le mien. Croïez, Madame, que mon ame étoit libre, lorsque j'ai osé vous l'offrir. C'est maintenant qu'elle est enchaînée, & qu'elle l'est pour toujours. Qu'ils étoient foibles, les nœuds qui m'ont retenu jusqu'ici ! que je les ai

rompus avec joie! Je finirai par haïr
tout ce qui n'est point vous. Que ne
suis-je assez heureux, pour que vous
m'imposiez des loix! Avec quelle
promptitude & quel transport vous
seriez obéie! mais hélas! vous ne
m'ordonnez rien; & c'est froidement
que vous soupçonnez un cœur, où
vous sûtes allumer une passion, dont
j'aime jusqu'aux tourments. Il est pur,
ce cœur, puisqu'il est à vous; il est digne de recevoir votre image, votre
image adorée, qui éclipse tout, à laquelle rien ne peut se mêler, & qu'on
profaneroit, en la comparant. Je vous
idolâtre. Jamais sympathie plus douce, ni plus forte, n'a emporté un être
vers un autre. Au comble du malheur, vous me verrez chérir le lien
qui m'aura déchiré, me complaire
dans mes larmes, & vous offrir ce
douloureux hommage, le seul peut-
être que vous voudrez accepter..... De
grace, fermez l'oreille aux propos,

aux conjectures du public ; elles seront fausses , toutes les fois qu'elles attaqueront mon honnêteté. Détestez avec moi les mœurs d'un monde persécuteur & cruel, où la vertu est toujours jugée désavantageusement, parce que c'est toujours la corruption qui la juge..... Vous êtes mon ame, ma vie, mon univers. Je pourrois être bien plus aimable ; mais il est impossible d'aimer mieux. Encore un coup, disposez de moi, servez-vous de votre empire ; ayez des volontés , des caprices même ; je mettrai mon bonheur à les satisfaire. Un billet de deux lignes, un regard, un mot de vous m'éleve au comble de la félicité ; & si vous m'enlevez tout, jusqu'à l'espoir de vous fléchir, au moins ne m'ôterez-vous jamais cette mélancolie douce, qui naît d'un mal dont on adore la cause.

❦

# LETTRE VIII.

## Du Baron au Chevalier.

QUAND votre ame souffre, mon cher Chevalier, vous avez raison de l'épancher dans la mienne. Quoique l'expérience m'ait aguerri contre de certaines foiblesses, je connois les larmes qu'elles coûtent, je plains les maux qui en résultent. Je hais ces Philosophes chagrins qui croient s'approcher de la perfection, à mesure qu'ils s'endurcissent ; je pense, moi, qu'ils s'en éloignent par cette cruelle apathie, cet égoïsme révoltant, qui brise les liens de la société & en détruit tous les rapports.

J'ai tourné en tous sens dans le tourbillon où vous êtes : je connois le tourment d'être pressé entre une double intrigue ; d'obéir tantôt à son cœur, tantôt au procédé qui le con-

trarie, d'avoir à filer une rupture, une
intrigue à nouer, & deux amours-pro-
pres de femmes à mener de front.
C'est à force d'avoir éprouvé le mal-
aise qui naît de ces combats, la satiété des jouissances, la crise des infi-
délités, que j'ai appellé la raison à
mon secours. Je me suis lassé d'être
esclave; j'ai voulu être homme; je le
suis, & je ne date, pour m'en arro-
ger le titre, que du moment où j'en ai
resaisi les privilèges.

Je me compare à un voyageur, qui,
après avoir erré long-tems dans le
creux d'une vallée aride & brûlante,
respireroit enfin l'air frais & libre des
montagnes.

Mon pauvre Chevalier, vous êtes
encore au fond de la vallée; je vous
domine, & c'est pour vous être utile.
L'œil de l'amitié vous suit dans ce dé-
dale où le fil échappe à chaque instant. Si elle n'éclaire pas toujours, elle
console au moins. Mes yeux sont ou-

verts; j'ai arraché le bandeau qui les couvroit; mais je le reprends pour essuyer les larmes de mon ami.

Souvenez-vous de la conversation que j'eus avec vous, quand je vis naître votre liaison avec la Marquise d'Ercy: j'ai prévu ce qui vous arrive. Elle a un rang à la Cour, des *entours brillans*, une figure qu'on cite, un crédit qu'elle a prouvé; en un mot, comme vous dites vous autres, elle est sur le *grand trottoir*. Tout cela étoit fait pour déranger une jeune tête. A votre âge, on est plus vain que sensible. On se livre à ce qui flatte; on est amusé, le premier mois; languissant, le second; ennuié, le troisieme, & l'on finit par briser avec scandale l'idole qu'on s'étoit faite par vanité.

Le moyen que vous pussiez aimer long-tems une femme absorbée dans les calculs de l'intrigue, les incertitudes des projets, & qui remplit les vuides de l'ambition par le manége de la

coquetterie ! La Marquise d'Ercy est
ce qu'on appelle *une femme d'affaires.*
C'est dans ce siécle sur-tout que s'est
multipliée cette espece d'intriguantes,
qui ont leur cabinet d'étude, ainsi que
leur boudoir ; qui raisonnent, déci-
dent, se jettent à corps perdu dans la
politique , & rêvent *essentiellement*,
en faisant des nœuds , aux abus de
l'administration.

Où vous êtes-vous embarqué, mon
cher Chevalier ! Quelle maîtresse vous
aviez choisie ! Je vous blâme de l'avoir
prise, & non de la quitter. Vous vous
exagérez votre ingratitude. A Dieu ne
plaise que je vous conseille un procédé même équivoque ! Mais, croiez-
moi, la reconnoissance ne condamne
pas aux angoisses d'une éternelle fidé-
lité. L'amour est une maniere de s'acquitter qui s'use trop vîte. L'indépendance de ce sentiment le rend incompatible avec le joug des bienfaits. La
Marquise d'Ercy vous a fait avoir un

régiment

régiment, procuré une existence à la Cour ; elle vous a prôné, présenté par-tout : vous lui êtes redevable de quelques démarches ; fort bien jusques-là ! mais elle vous a pris, affiché, tourmenté ; vous avez apporté dans cette liaison, une figure charmante, de l'esprit, un nom, & de la jeunesse. Vous voilà quitte. Enfin, tout en admirant des scrupules qui ne peuvent naître que dans une ame délicate, je ne veux point que vous soïez victime d'un excès d'héroïsme. Votre ame est noble, honnête, sensible, mais elle est neuve, ardente & foible, on peut la corrompre, & la Marquise d'Ercy en est très-capable : je crains l'influence de son caractère sur le vôtre ; je crains que son élégance perverse ne vous gagne ; &, dût-elle être premier Ministre & vous prendre pour Adjoint, je dois vous arracher, s'il est possible, à ses dangereux artifices. Il n'y a point de

*I. Partie.*                          C

principes dont une femme adroite ne vienne à bout.

Qu'il est à craindre, l'être enchanteur & perfide, qui abuse des momens sacrés de la jouissance & du bonheur, pour inviter au vice qu'il rend aimable, & endort la vertu, aux accens même de la volupté !

Venons à Madame de Senanges: oui, sans doute, je la connois, c'est vous dire que je l'estime. Son amitié pour moi est un des souvenirs doux & purs qui me suivent dans ma solitude. Vous me demandez des détails; je consens à vous en donner ; viendront après les conseils que je vous dois, autant pour elle que pour vous; car vous m'intéressez l'un & l'autre au même degré : ne vous impatientez pas, lisez ma lettre avec attention, & sur-tout faites-en votre profit.

Madame de Senanges est fille du Marquis de ***, Militaire distingué, qui, resté veuf de bonne-heure, s'ap-

pliqua tout entier au soin de son édu-
cation ; il l'aimoit avec tendresse ,
mais il ne consulta pas assez son goût,
dans l'établissement qu'il lui fit faire.
Séduit par le rang du Vicomte de Senanges , il combattit fortement la ré-
pugnance de sa fille, témoigna le desir
de la vaincre , & malheureusement y
réussit. Il ne prévoyoit point les suites funestes d'une pareille union , les
larmes qu'elle alloit coûter , les maux
trop certains qui naîtroient de ces
nœuds mal-assortis ; il en fut la premiere victime. Il se reprocha bientôt
l'infortune de sa fille , détesta l'abus de
son autorité , & mourut de chagrin ,
deux ans après le mariage qu'il avoit
souhaité si ardemment. Puisse - t - il
servir d'exemple à ces peres cruels
ou inconsidérés, qui , armés de leurs
droits , forcent l'inclination de leurs
filles, les traînent aux autels comme
des esclaves , & justifient d'avance,
tous les désordres où elles se plon-

gent; ils en sont les premiers artisans.

La fille du Marquis n'avoit pas qua-
torze ans, quand elle épousa M. de
Senanges, qui en avoit déja cinquante-
cinq. Comme il passe la moitié de sa
vie dans son gouvernement, vous n'a-
vez peut-être pas eu l'occasion de le
voir, & de le connoître.

C'est un homme d'une taille ex-
traordinaire. Sa figure est imposante
& dure, son ton impérieux & brus-
que ; quand il prie, on diroit qu'il
commande. Le peu d'attention qu'il a
toujours mis dans le choix de ses maîtresses, a fortifié en lui le mépris
raisonné qu'il a pour les femmes ; il
croit que la vertu est étrangere à ce
sexe, & qu'avec lui il faut être dupe
ou tyran. Ce systême atroce, joint au
penchant naturel, a développé dans
son cœur la jalousie la plus injuste
dans son principe, la plus affreuse dans
ses effets. Je ne vous peindrai point
toutes les scènes horribles qu'elle a

occasionnées, & dont Mad. de Senanges m'a fait le récit. Peignez-vous
une jeune femme honnête & timide,
au pouvoir d'un vieux despote, qui la
méprise & ne l'envisage jamais qu'a-
vec ces yeux dont on effraie les coupables qu'on cherche à pénétrer. Il ne
lui échappoit pas un mot qui ne fût
mal interprêté, un regard qui ne fût
suspect; son silence étoit le recueillement d'une ame qui veut tromper.
Parloit - elle ? c'étoit une séduction
qu'elle essayoit, & dont elle vouloit
s'armer contre lui. Le barbare ! il ty-
rannisoit jusqu'à son sommeil, il veil-
loit à côté d'elle, avec la pâle inquiétude du soupçon, pour tâcher de
surprendre, dans ses rêves, quelques
sentiments cachés, qui pussent servir
à sa rage, de prétexte ou d'aliment.

Telle fut sa vie de sept années :
pendant cet intervalle, elle n'a pas
cessé d'être un modele de douceur,
de décence & de modération. On la

C iij

privoit même de ses larmes ; tout re-
tomboit & pesoit sur son cœur. N'importe. Elle se défendoit jusqu'au murmure ; elle croyoit, à force de bons
procédés, adoucir le tigre auquel elle
étoit unie. Vain espoir ! il acquéroit
un degré de fureur à chaque vertu nouvelle qu'il découvroit dans sa charmante compagne.

Lasse enfin d'être maltraitée, avi-
lie, épiée dans les heures même de
son repos, elle se réfugia dans la maison de M. de Valois son oncle, chez
lequel elle loge encore aujourd'hui.
C'est delà qu'elle implora, & qu'elle
obtint, une séparation, à laquelle M.
de Senanges consentit, je ne sais par
quels motifs. Elle lui proposa d'aller
dans un couvent, ou de rester chez
le respectable M. de Valois. Il lui permit le dernier asyle, & lui assura une
pension assez modique, qu'elle ac-
cepta avec transport : c'étoit le gage
de sa liberté.

Depuis cette époque, Senanges a presque toujours vécu dans son gouvernement ; mais il fait, de tems-en-tems à Paris, quelques voyages secrets, pour observer les démarches de sa femme, & s'enivrer sans qu'elle le sache, du plaisir de la voir ; car ce forcené aime ! il est puni de sa jalousie, par les fureurs de son amour ; on m'a même assuré, qu'il brûle de se réconcilier avec elle. Quel étrange contraste dans le cœur de l'homme !

Telle est, mon ami, la position actuelle de la femme que vous aimez, & à laquelle, si j'ai quelques droits sur votre cœur, vous allez renoncer pour toujours ; oui, pour toujours.

Vous êtes jeune ; un goût vif peut avoir, à vos yeux, tous les caracteres d'une passion, la tromper, vous tromper vous-même, vous perdre tous deux ; & puis n'allez pas vous mettre dans la tête, que vous ayez entrepris une conquête facile. Madame de Senanges est aguerrie contre l'amour, par tout ce qu'elle a souffert, & par ses propres réflexions. Elle fut trop long - tems assujettie , pour ne pas trouver le bonheur, dans le charme de l'indépendance. Les horribles liens qu'elle a traînés sept ans , ont laissé dans son ame une impression de crainte , qui l'avertit de n'en plus prendre de nouveaux ; elle respire , elle est libre , elle est heureuse.

A ses yeux, les choses les plus in-différentes deviennent des plaisirs. Les spectacles qu'elle embellit , les fêtes qu'elle anime , les hommages qu'elle attire , tout lui plaît , tout l'enchante. Elle aime mieux être amusée qu'atten-drie , distraite qu'intéressée. Durant sa longue servitude, son ame ne s'est point aigrie , elle s'est armée. Une co-quetterie d'instinct plus que de pro-jet, la sauve de sa sensibilité qui seroit extrême, ou plutôt, cette coquetterie n'est qu'une sensibilité déguisée , qui n'osant se concentrer sur un seul, se répand sur différents objets, & devient flatteuse pour plusieurs, sans être dangereuse pour elle.

Une femme tendre ne jouit que de son amour: celle qui n'aime point, rencontre un trophée à chaque pas; elle est plus *en valeur*, parce qu'elle est moins préoccupée, elle jouit de tout, & ne risque rien. Le cœur est bien défendu, tant qu'il reste sous la garde de l'amour-propre.

Ne pensez pas, au reste, que l'ame de Madame de Senanges se borne à ces frivoles amusemens. Elle lui rend d'un côté, ce qu'elle lui enleve de l'autre. La bienfaisance, qui est sa passion favorite, lui fournit sans cesse des plaisirs aussi purs que la source dont ils émanent. L'ostentation ne se mêle jamais au desir qu'elle a d'être utile; elle fait le bien, par la seule impulsion de sa nature, & préfere son approbation secrette à l'orgueil d'être louée par la multitude.

Tel est, mon ami, l'être estimable
dont vous croyez troubler le repos,
& renverser les résolutions. Cessez de
vous livrer à des idées aussi folles que
présomptueuses ; vous échouerez, je
vous en avertis ; vous êtes aimable,
séduisant, amoureux peut-être ; vos
agrémens, vos grâces, votre amour,
tout cela ne pourra vous servir auprès de Madame de Senanges. C'est
une ame honnête, éprouvée par le
malheur, & qui n'est heureuse que par
l'oubli délicieux & profond des goûts
qui vous étourdissent, ou, si vous
l'aimez mieux, des sentiments qui
vous occupent.

Ainsi, je vous conseille de n'y plus
songer, d'après la certitude où je suis,
que vous ne réussirez pas, & je vous
le conseillerois davantage encore, si
je pouvois croire à votre succès. Ne
vous pressez point de crier au para-
doxe.

Quels reproches affreux, éternels

& mérités, ne vous feriez-vous pas, si, après l'avoir rendue sensible, vous cessiez, un jour, de l'être ? Qui, vous, vous Chevalier, vous pourriez porter le trouble dans un cœur paisible, arracher au bonheur une femme respectable, qui fut malheureuse si long-tems, la séduire, pour la perdre, l'exposer à toutes les horreurs d'un abandon qui seroit suivi de sa mort, & ne pourroit être expié que par la vôtre !

Mais ne perçons point dans un avenir si triste. Dans ce moment-ci, êtes-vous libre ? Croyez-vous que Madame d'Ercy vous laisse aller sans éclat, & que son orgueil compromis ne réclame point le cœur qui lui échappe ? Je suppose que Mad. de Senanges vous écoute. Dans quel labyrinthe vous jettez-vous ? Je connois votre facilité ; les cris de la Marquise vous en imposeront, vous serez rappellé par le souvenir de ses bienfaits prétendus, vous

voudrez conserver celle que vous n'aimez pas , vous tromperez celle que
vous aimez ; vous serez faux , mal-
honnête , & malheureux.

Je romprai , tout-à-fait , avec la
Marquise , m'allez-vous dire : vous le
promettrez & ne le tiendrez pas ; vous
vous récriez, je vous crois.

Vous voilà le plus tendre, le plus
fidéle des amans. Mad. de Senanges
n'en sera pas moins la plus infortunée
des femmes. L'œil perçant & jaloux
de son mari éclairera vos démarches,
dévoilera vos secrets , saisira l'occasion d'une vengeance juridique ; &
vous pleurerez, en larmes de sang, la
perte de votre maîtresse , son déshonneur, & l'inutilité des conseils de
votre ami.

Armez-vous de fermeté. Plus vous
aimez Madame de Senanges , plus
vous devez la fuir : c'est un effort
digne de vous, & dont vous vous
applaudirez un jour. Je ne veux point

que la femme qui m'est la plus chere, soit malheureuse par l'homme que j'aime le plus. Voyez-la moins, attendez que votre amour se change en amitié, & vous jouirez alors, avec délices, d'un sentiment d'autant plus flatteur, qu'il sera le prix d'un triomphe pénible, & le garant d'un cœur courageux. Je vous embrasse.

# LETTRE IX.

## *Du Chevalier au Baron.*

IL n'est plus tems, Baron, mon secret m'est échappé. J'aimois, je l'ai
dit, & j'aime davantage. Ecartez la
triste lumiere de l'expérience. Je me
plais dans mon aveuglement, dans
mon délire ; la raison n'y peut rien.
Sûr d'être malheureux, sûr de l'être
toujours, je n'en serois pas moins af-
fermi dans mon sentiment ; que dis-
je ? Il n'y a de vrais malheurs à craindre, que quand l'amour est foible.
L'excès de la passion fait tout supporter ; la mienne ne connoît ni conseils,
ni frein. Je ne sais si les pressentimens
de mon cœur me trompent ; mais l'a-
venir ne m'effraie pas: Quoi que vous
disiez, Madame de Senanges peut devenir sensible. Si jamais !...... Ah !
Dieu ! avec cet espoir, il n'est rien que

je ne surmonte. Cher Baron, j'ai besoin d'une ame où je puisse déposer
mes peines, mes plaisirs, mes craintes & mes espérances. J'ai choisi la
vôtre, & j'ai bien choisi. Je vous dirai
tout, ne me plaignez pas, j'aime
trop, pour ne pas mériter l'envie. L'a-
mour, au dégré où je le ressens, est
la perfection de l'humanité.

Quelle est belle, Madame de Senanges ! Quelle ame ! Je ne puis prononcer son nom, sans une émotion,
un trouble, un frémissement universel. Ce nom répond à mon cœur. Ah !
Baron, votre calme ne vaut pas mon
désordre ; je le préfere à tout, & si
l'on m'offroit une suite de longs jours
paisibles & sereins, ou un seul de bonheur, c'est-à-dire, un seul où je serois
aimé, je n'aurois plus qu'un jour à
vivre.

# LETTRE X.

### De la Marq. d'Ercy, au Chevalier.

#### Du Château de ***.

Sçavez-vous bien, Chevalier, que vous devenez un homme insoutenable ? D'honneur, je suis fort mécontente de vous. Voilà quinze jours que je suis ici, & que vous restez, vous, dans votre ennuyeux Paris, comme si rien ne vous rappelloit ailleurs. Mais je n'ai garde de vous en faire des reproches. Les querelles m'excédent, les bouderies sont *misérables.* Venez, quand vous voudrez, & ne croyez pas que je fasse résonner les échos des tendres regrets de votre absence. Je ne suis pas bergere, comme vous savez, & si je l'étois, j'aurois toute la coquetterie qu'on peut avoir au village. L'univers est ici. La Duchesse y donne des fêtes continuelles ; toutes

les

les femmes y sont *arrangées*, il n'y a
que moi, qu'on abandonne impitoya-
blement, & qui ai le courage d'en
rire...... Nous avons la Présidente,
qui joue l'agnès, baisse les yeux, rou-
git tant qu'elle veut. Ce qu'il y a de
singulier, c'est qu'avec cette pudeur
& cette petite décontenance naïve,
elle change d'amants tous les jours.
Hier à soupé, on lui demanda une
chanson, il fallut la prier pendant des
siecles ; elle fit toutes ses mines, se
cacha sous sa serviette, déploya ses
grâces enfantines, & finit par nous
chanter, avec toute l'ingénuité convenable, les paroles les plus scanda-
leuses du monde. La Baronne de ***
nous est arrivée, il y a quelques jours,
escortée de son éternel époux, qui a
l'air de rouler quand il marche, & qui,
quand il a fait, tout en roulant, le
tour du parterre, se récrie sur l'uti-
lité de l'exercice, & le plaisir de vivre
à la campagne ! Oh ! la bonne histoire

*I. Partie.*                    **D**

que j'ai à vous conter ! Le lendemain
de leur arrivée, on chassa le sanglier.
Poursuivi de toutes parts, & près d'ê-
tre forcé par les chiens, il s'élança
dans l'enceinte destinée aux calèches
des Dames, & vint heurter, sans ménagement, celle où se trouvoit la Baronne. Elle jetta des cris *exécrables*,
s'évanouit ou en fit semblant, & se
permit toutes les simagrées d'une
frayeur, dont personne ne fut la dupe.
Mais ce n'est pas là le plus plaisant.
Le soir, quand on fut rassemblé dans
le sallon, tandis que les parties se dis-
posoient, le gros Baron s'avisa de
s'approcher d'elle, comme elle avoit
le dos tourné. Ne voilà-t-il pas que
l'insupportable créature renouvelle la
scène du matin, & s'imagine qu'elle
voit encore le sanglier? Nous avions
beau lui dire, que c'étoit son mari:
elle s'obstinoit toujours à le prendre
pour la grosse bête; & je vous avouerai, moi, qu'au fond du cœur, je lui

savois quelque gré de la méprise.
Pour comble d'infortunes, il nous est
tombé sur les bras une *maniere* de petit Seigneur, qui pense être profond,
parce qu'il n'a jamais pu devenir léger :
cet homme a la manie des vers ; il croit
aux siens, l'infortuné fait de la prose
sans le savoir ! il vous débite d'un ton
de Législateur, les grands principes de
la séduction, méprise les femmes, &
tranche du philosophe.

J'oubliois un descendant du Pasteur
*Céladon*, qui a son teint, sa fadeur,
& s'efforce d'avoir son ame. Il brûle
respectueusement pour des divinités
subalternes, dont il est fier de baiser
la main. Son culte est divertissant : il
se croit le sacrificateur, lorsqu'il est
la victime. Quand il parle, on sourit
de pitié, & il se figure que c'est du
plaisir de l'entendre : toujours content
de lui, rarement des autres, il les per-
sifle, il s'en flatte du moins ; on s'ap-
perçoit qu'il le voudroit, on le lui

*rend...* Il ne s'en doute pas; plus simple, il auroit peut-être de l'esprit; mais il ne seroit pas si amusant.

Voilà, Chevalier, le tableau vrai des originaux qui me réjouissent ici; mais ce coup-d'œil superficiel & rapide ne m'empêche pas de songer aux graves objets qui m'occupent. Je fais mes dépêches tous les matins, & je remue l'Etat, du fond de mon cabinet de toilette. J'ai des intelligences dans tous les Bureaux; il n'y a point de Ministre qui ne connoisse mon écriture; point de Commis qui ne la respecte. Je propose des idées, on les contrarie; je les discute, elles passent; &, en demandant toujours, j'obtiens quelquefois même ce que je n'ai pas demandé.

Nous attendons M. de ***. Vous connoissez l'influence qu'il a sur les affaires. Je dois avoir un *travail* avec lui, & vous n'y serez point oublié. Mais, vous êtes charmant! tandis que je me tourmente pour vous être utile,

vous êtes, vous, d'une sécurité que
j'admire ! Réveillez-vous, s'il vous
plaît : d'honneur, vous avez une délicatesse ridicule, une probité *cruel-
lement* gothique ? Pour moi, je n'estime pas assez mon siécle, pour prendre tant de mesures avec lui. Jettez
un moment les yeux sur le tableau de
la société ; vous verrez que l'intérêt
personnel est tout, & vos principes
gigantesques, rien. On est intriguant,
ambitieux, exclusif ; on n'a point de
ces consciences timorées, qui vous
arrêtent à moitié chemin, & vous empêchent d'aller au grand. De la philosophie, Chevalier, de la philosophie !
Elle étend les idées hors des limites
vulgaires, léve ces scrupules meur-
triers qui retardent la marche, anéan-
tissent les ressources, & vous mettent
un homme à cent pieds sous terre.
Devant elle, les préjugés disparois-
sent, ainsi que toutes ces petites vertus de convention auxquelles on ne

croit plus. Vous ne savez donc pas que, dans ce siécle de lumieres, on a renouvellé la morale? Soyez de votre tems : dans le naufrage public, saisissez votre débris, comme un autre; regardez encore une fois, & vous rougirez d'être timide. Que de médiocres usurpent les places qui appartiennent au génie ! Que de nains sur des piédestaux ! Entrez dans la carriere, ne fut-ce que par indignation, & pour enlever à la sottise ce qui n'est dû qu'à l'esprit & aux talens. La fureur me gagne...... Je me tue à vous prêcher, & vous n'en profitez pas. Vous êtes *désespérant* ! Tâchez de quitter votre Paris, & de venir nous voir. J'ai trop d'amour-propre, pour vous croire infidéle, & trop de franchise, pour vous répondre de ne pas l'être, si vous vous conduisez toujours avec cette nonchalance. Faites vos réflexions, & ne me laissez pas le tems de faire les miennes; je suis terrible, quand je réfléchis.

A propos, nous avons été derniérement faire une visite, au château de ***. Il y avoit quelques femmes, qui ne valent pas la peine d'être citées, si ce n'est pourtant la Vicomtesse de Senanges. Les hommes que nous avions menés en raffoloient jusqu'au scandale; ils prétendent, qu'elle est de la plus jolie figure du monde; je n'ai point vu cela. Ils soutiennent que, dans la conversation, il lui est échappé une foule de traits spirituels; je n'en ai rien entendu. Il se peut, qu'à la rigueur, cette femme ait, dans sa personne, quelques détails assez passables; mais je ne puis me faire à son ensemble; il est gauche, à faire horreur! & je parie qu'elle croit avoir des grâces; on devroit bien la désabuser. Chargez-vous de ce soin, Chevalier, si vous la rencontrez jamais.... La rencontrez-vous? Non; j'imagine qu'elle va fort peu, elle n'est point *présentée*, & je ne crois pas qu'elle

D iv

prétende à l'être : c'est ce qu'on appelle une existence fort équivoque. Informez vous-en, je vous prie ; & , si vous trouvez quelqu'occasion de l'humilier, pour l'amour de moi , ne la laissez point échapper ; il faut faire justice. Adieu.

# LETTRE XI.

*De Mad. de Senanges au Chevalier.*

JE suis fidéle à ma parole ; la voilà, Monsieur, cette heureuse Mad. de Lambert, qui avoit de la raison sans effort, & qui en conseille à son sexe. Lisez-la, mais lisez - la bien ; & vous verrez, si les femmes doivent aimer, & si les hommes méritent un seńtiment, le grand nombre, du moins ? Je sais qu'il y a des exceptions ; le danger seroit de les appliquer ; & Madame Lambert, par exemple, n'eût pas approuvé cela. Quelle ame elle avoit reçue de la nature ! Rien ne lui coûtoit sûrement. Je l'ai lue, avant de me coucher, quoique je vous eusse promis de n'en rien faire. Je ne sais point mentir ; oui, je l'ai lue, & peut-être que je ferois bien de la garder.

## L E T T R E XII.

### De Mad. de Senanges au Chevalier.

JE rentre dans le moment, Monsieur,
plus fatiguée qu'amusée de tout ce
que j'ai fait aujourd'hui. Je me suis
levée presque de bonne heure ; j'ai dîné
au couvent, soupé à la campagne ;
puis un triste Wist ! & un Partenaire
qui étoit méchant, mais bien méchant ! je joue mal, moi ; je suis distraite, & ce Monsieur n'entend pas
cela, il dit qu'il faut songer à son jeu ;
il faisoit un bruit, un vacarme ! il
comptoit toutes mes fautes ; oh ! il
avoit de l'ouvrage. Cet homme est sévere ; je vous en réponds. J'ai pourtant respecté son âge, autant que si
j'étois née à Lacédémone ; car il est
vieux comme le temps, & triste comme celui d'aujourd'hui. Enfin, me
voilà, & je reçois votre billet ; c'est

parler de choses plus agréables. Je
suis bien au dessous de vos louanges,
& cependant, il est des instans où je
trouve qu'elles m'égalent à tout, non
par l'opinion que j'ai de moi, mais uniquement par celle que j'ai de mon Pa-
négyriste. Ces instans d'amour propre
sont courts ; la réflexion me ramene
au vrai. Vous êtes honnête, indulgent, peut-être prévenu ; & votre suf-
frage, tout précieux qu'il m'est, ne
m'empêche pas de sentir ce qui me
manque. Oui, je me rends justice, &
j'y ai du mérite. Il est difficile de se
défendre des éloges, quand c'est vous
qui les donnez.

## LETTRE XIII.

### *Du Chevalier à Mad. de Senanges.*

JE reçois votre second billet, qui m'annonce que je ne pourrai pas vous voir aujourd'hui. Il ne me reste donc que le plaisir de causer avec vous ; & j'y consacre ma soirée.

Je la tiens enfin cette Madame Lambert si vantée, cette pédante éternelle, qui érige l'indifférence en dogme, qui ne sentant rien, voudroit anéantir le sentiment dans les autres : qui crie contre l'amour, parce qu'elle ne l'inspiroit pas, & nous prêche *la raison*, parce qu'apparemment on n'en voùloit point à la sienne ! Vous ne l'aurez de long-temps, votre Régente d'insensibilité. J'en brûlerai tous les jours un feuillet, en l'honneur du Dieu qu'elle a si maltraité, & que vous abjurez pour elle. A quel propos cette femme-là s'est-elle avisée d'écrire ? que je lui en veux ! Je ne suis plus étonné de la sévérité de votre morale, de la cruauté de vos principes ; c'est de ceux de Madame Lambert, que votre cœur est armé ; & toutes les nuits, hélas ! vous mettiez vos armes sous votre chevet, pour effaroucher sans doute jusqu'aux rêves qui pouvoient vous retracer les délices d'un tendre attachement. Mais que dis-je ! je serois trop heureux, si vous ne deviez vos forces qu'à une lecture, dont, à la longue, on pourroit détruire l'impression ? Votre ame n'a besoin que d'elle-même, quand elle s'aguerrit contre moi. Les Moralistes ont beau dire : la nature n'a donné aux femmes que ce qu'il faut de courage, pour résister quelque tems ; elles n'en ont jamais assez, pour se vaincre tout-à-fait, lorsqu'elles chérissent le penchant qu'elles ont à combattre. Si

vous étiez sensible, je vous rendrois
votre volume, & je ne le craindrois
pas. J'en suis trop sûr, votre raison
n'est que de l'indifférence...... Je ne
prononce pas ce mot, sans découvrir
toute l'étendue de mon infortune. Je
vous le répéte, Madame ; vous êtes
l'objet unique & sacré des affections
de mon ame. Je ne puis respirer,
penser, agir que par vous ; il ne vous
échappe pas un regard qui n'aille à
mon cœur, pas une parole qui ne s'y
grave, pas une volonté qui ne de-
vienne la plus douce des loix pour
mon amour. Oui, sans doute ; oui,
je tiendrai ma promesse ; je serai tout
ce que vous voulez que je sois, c'est-
à-dire, bien malheureux. Ma passion
a trop de délicatesse, pour que les
transports qu'elle fait naître ne conservent pas le même caractère. Les
privations de mon cœur sont des
jouissances pour le vôtre ; je me les
impose toutes ; & je serai payé des

efforts cruels de l'obéissance, par le plaisir d'avoir obéi.

Rien n'est égal à l'agitation que j'éprouve ; & je vous avouerai qu'il se mêle à mes allarmes le plaisir le plus vif que j'aie jamais senti, celui de me savoir susceptible de cette même passion, qui me réduira peut-être au désespoir. Ne rebutez point l'expression d'un attachement aussi vrai. Avant que vos beaux yeux soient fermés par le sommeil, reposez-les, avec quelqu'intérêt, sur ma lettre, quelque longue qu'elle puisse vous paroître. Interrogez votre ame, laissez-y pénétrer la voix du plus tendre amour; qu'il veille dans votre cœur, tandis que vous dormirez ; qu'il en chasse, s'il est possible, la crainte, la défiance, tous les monstres enfin qui le gardent, l'assiégent, & m'empêchent d'en approcher.

Demain, Madame, que devenez-vous ? & que deviendrai-je? Je ne puis finir ma lettre... Que de tems écoulé sans vous voir ! La tête me tourne. Ayez pitié de moi, & pardonnez le désordre de mes sentimens en faveur de leur vivacité.

LETTRE

## LETTRE XIV.

*Du Chevalier à Mad. de Senanges.*

QUELLE lettre, & quel charmant procédé! Vous saviez que votre absence m'alloit faire passer un jour bien triste, vous avez trouvé le moyen de l'embellir, du moins de me le rendre supportable. Voilà de ces miracles qui n'appartiennent qu'aux ames délicates. Plus je lis dans la vôtre, plus j'y trouve de perfections qui échappent malgré vous au voile de la modestie, & donnent bien de l'orgueil à celui qui sait les découvrir. Votre cœur s'est ouvert à moi; vous m'avez marqué de la confiance.... Tout mon amour est payé.

Je pense comme M. de Valois: une femme ne peut être heureuse sans l'estime des autres, sans la paix du cœur & la pratique de ses devoirs. Mais un

*I. Partie.*                    E

attachement honnête n'exclud ni le
repos, ni la considération, ni l'amour
des bienséances; il suppose même tout
cela, puisqu'il ne va jamais sans la
vertu. Telle est ma morale, & sûrement la vôtre. Votre raison vous la
déguise, mais ne la détruit pas. Oui,
croyez-le, Madame, l'instinct confus
d'une ame sensible, est plus puissant
sur la conduite, que toutes les réflexions. On applaudit à cette importune
raison, qu'on ne suit pas. On blâme
ce que le cœur veut, & on l'exécute.

Voilà ce qui arrive à tout le monde,
& ce qui ne vous arrivera point; hélas!
j'en suis bien sûr. N'importe; aujour-
d'hui je ne me plains de rien: vous
avez sçu me rendre heureux, en dépit
de votre absence.... Ah! ne me parlez
plus de raison, un seul de vos regards
détruit tous les conseils que vous
donnez.

## LETTRE XV.

*De Mad. de Senanges au Chevalier.*

Vous m'avez promis, Monsieur, que vous songeriez à faire les démarches nécessaires pour la place de... Me tiendrez-vous parole? Votre négligence sur vos intérêts m'afflige. Vous ne vous montrez point assez à la Cour; & l'on ne réussit dans ce pays-là, que par la constance & l'importunité. Les protecteurs s'y endorment bien vîte, quand on n'a pas le soin de les réveiller; & souvent les amis de la veille n'y sont plus ceux du lendemain. Vous avez des concurrents dangereux, non par la solidité de leurs prétentions, mais par la chaleur de leurs démarches; la médiocrité est toujours active, le mérite toujours paresseux. Irons-nous voir la piece nouvelle? La jouera-t-on demain? Aurez-vous la

bonté de vous en informer ? Bon. Une
chose importante, une misere ensuite,
voilà les femmes ! Comme les con-
traires se succédent dans leur tête !
Quelquefois des Philosophes ; d'autres fois des enfans. Tour-à-tour, solides, inconséquentes, légeres & ré-
fléchies ! De la justesse par instinct,
de la franchise par caractere, de la
dissimulation par principes ; frivoles,
parce qu'elles sont mal élevées; igno-
rantes, parce qu'on ne leur apprend
rien ; foibles en apparence, & plus
courageuses que vous dans les grandes
occasions ; très-portées à s'instruire,
quoiqu'on ne leur tienne compte que
de leurs grâces ; tantôt sacrifiant le
plaisir à l'étude ; & puis, passant d'une
lecture grave, à l'arrangement d'un
pompon ! n'est - ce pas ainsi qu'elles
sont faites ? A qui la faute ? Mais si,
malgré tous nos défauts, les hommes
sont à nos pieds ; s'ils sont rachetés,
ces défauts, par de grandes vertus ;

si la science est douteuse, & le sentiment sûr, nous n'avons rien à vous envier, ni rien à regretter. Enfin, dites-en ce qu'il vous plaira. Plus de régularité dans les détails ne formeroit peut-être pas des ensembles aussi piquants, ne fût-ce que par les contrastes. Quelle lettre! comme elle vous ennuiera! Je n'aime point à moraliser, & je ne sais pourquoi je m'en avise. Vous m'avez trouvée aujourd'hui bien sérieuse.... Hélas! oui, je l'étois.... Adieu, Monsieur.

# LETTRE XVI.

*Du Chevalier, à Mad. de Senanges.*

OSEROIS-JE vous demander, Madame, pourquoi vous dites tant de mal des femmes ? Il est singulier que j'aie à les défendre contre vous. Je leur trouve, moi, une philosophie charmante, une prudence à toute épreuve ; du calme dans le cœur..... Tant de courage pour combattre ce qu'elles inspirent ! Ah ! que notre raison est folle ! & que leur folie est sensée ! Elles jouent avec les passions qui nous tourmentent, nous font croire tout ce qu'elles veulent, ne veulent rien croire de nous, & nous désesperent en attendant qu'elles nous oublient. Nous avons juré tous deux de faire des portraits, mais il falloit bien que je défendisse les femmes. Vous prouvez qu'il en est de parfaites.

Allons, Madame, je ferai quelques démarches, puisque vous l'exigez ; je serois coupable, en ne vous obéissant pas. Dieu ! qu'il me sera doux de me dire : je n'agis que par ses ordres ; si je désire les honneurs, c'est pour les mettre à ses pieds ; elle épure mon amour-propre, en le subordonnant à mon amour !

Oui, tout ce qui n'est pas vous me devient étranger. Qu'est-ce, hélas ! que la gloire, quand le cœur est vuide, isolé par l'orgueil, & qu'on ne jouit point de cette gloire, dans le sein d'un objet aimé ? L'ambition n'est que le dédommagement des êtres froids. N'ayant ni vertus qui les invitent à se recueillir, ni sentimens qui les y forcent, il leur faut des erreurs qui les jettent au dehors, & les enlevent à eux.

Je suis bien reconnoissant de l'intérêt que vous daignez prendre à moi ; puisque l'amitié fait penser & écrire

avec tant de délicatesse, il faut encore
la remercier, ne point se plaindre,
& adorer l'ame généreuse qui renferme tous les sentiments, hors celui qui
en est la perfection.

# LETTRE XVII.

### *De Mad. de Senanges, au Chevalier.*

Vous défendez si bien les femmes, que je ne puis me refuser à vous en marquer ma reconnoissance. *Que notre raison est folle* , dites - vous ! & *que leur folie est sensée !* le magnifique éloge ! Il peint à merveille la modestie de votre sexe ; j'obferverai cependant , si vous le voulez bien, que ces hommes si vantés brillent plus par le raisonnement que par la raison. Ils analysent ce que nous pratiquons ; ils ont imaginé des loix assez injustes, & nous les jugeons, même en nous y soumettant ; ils sont nos esclaves ou nos tyrans, & nous leurs amies ; ils ont trouvé plus commode d'être des despotes que des modeles , & de commander à nous qu'à leurs passions. Enfin ces êtres foibles , ( je parle com-

me eux , ) qu'ils déchirent , qu'ils
trompent , qu'ils dédaignent , qu'ils
adorent , l'emportent sur leurs maî-
tres , par cet attrait , supérieur au pouvoir. Oui , tout usurpé qu'est le leur ,
nous ne daignons pas briser nos chaînes , nous avons & le courage , & peut-
être l'orgueil de les porter. Qu'ils s'en
fassent un triomphe ; régner sur nous-
mêmes , voilà le nôtre. Régner sur soi !
Ah ! que cela est bien dit , & qu'on seroit heureuse d'y régner toujours !
Que je plains les personnes , dont les
combats ne font souvent qu'accroître
ce qu'elles voudroient détruire ! Ah !
plaignez - les avec moi , Monsieur !
L'objet qui plaît , quelque vrai , quelqu'honnête qu'il soit , n'en est pas
moins susceptible de changer. Plus
son amour est vif , & plus on doit
craindre qu'il ne s'affoiblisse , si c'est
un des malheurs de l'humanité , de se
lasser du bien qu'on a le plus fortement desiré , s'il n'a plus les mêmes

charmes aux yeux de celui qui le possede; si.... Eh! mon Dieu, que de si!
Je ne voulois que mettre les femmes
au dessus des hommes; où cette fantaisie m'a-t-elle conduite?

# LETTRE XVIII.

### Du Chevalier à Mad. de Senanges.

Eh ! de quoi les hommes sont-ils coupables ? Je ne les défendrai pas tous. Mais, s'il en est un, un seul, qui, en commençant d'aimer, se soit juré d'aimer toujours, qui souffre avec une sorte de volupté, plutôt que de déplaire à ce qu'il aime, ne m'avouerez-vous point que celui-là mérite une exception ? Eh bien, Madame, il existe, & vous n'êtes pas, sans doute, à vous en appercevoir. Mais, hélas ! vous voyez tout, & n'êtes sensible à rien...... J'entends de ce qui tient à l'amour. *Régner sur vous-même*, voilà le triomphe qui vous flatte ! Pourquoi donc cette guerre affligeante du préjugé contre le bonheur ? L'amour le plus vif, dites-vous, peut s'affoiblir. Ah ! ce n'est pas quand on vous aime.

Il seroit impossible avec vous d'é-
chapper à la séduction, & que la constance ne devînt pas la source des plus
grands plaisirs. Pour moi, Madame,
je m'abandonne à vous ; vous ferez le
sort de ma vie. Je ne raisonne point,
je sens vivement; je vous aime avec
excès ; je ne vous vois jamais sans
vous aimer davantage ; & je préfere
les tourments que vous me donnez,
au bonheur que je tiendrois d'une
autre.

# LETTRE XIX.

## *De Mad. de Senanges, au Chevalier.*

Vous voulez aller en Angleterre ;
vous voulez me quitter ! Combien
mon amitié est plus tendre que votre
amour ! Combien je le hais cet amour !
Il rend injuste & même cruel ; n'est-ce
pas l'être, que de vouloir priver ses
amis de soi ? Ah ! si vous ne m'aviez
pas souhaité aujourd'hui l'état le plus
obscur, que j'aurois mauvaise opinion
de vous ! Mais vous l'avez si délicate-
ment motivé ce souhait, il peint si
bien votre ame, que la mienne est
partagée entre la reconnoissance la
plus vraie, & une colere toute aussi
juste contre cette *fantaisie angloise*
qui vous a pris, hier, dites-vous. Hier !
eh ! pourquoi ? parce que je vois des
gens sur lesquels il me semble que le
public ne sauroit avoir d'idées. Je ne

vous en expliquerai pas la raison ; je ne m'en rends pas compte, je m'étourdis sur beaucoup de choses. Ah ! je ne cours pas encore assez. Vous parliez tantôt d'obscurité : oui, souvent, elle est un bien. Sommes-nous donc si fortunées ? on observe nos moindres démarches ; & si nous voulions ne vivre que pour un seul objet, le pourrions-nous ? De tristes visites, d'ennuyeux & grands soupers, des parties de plaisir, où l'on n'en a point, qui ne satisfont point l'ame, qui y laisse un vuide affreux ; voilà le bonheur des femmes, voilà ce dont on les croit toutes enivrées. Heureuses quand cette vie dissipée suffit à leur cœur ! quand elles la mènent par goût, & non par systême, non pour se préserver d'un attachement dont elles craignent l'excès, les peines, les remords ou la publicité !

N'ai-je pas le malheur d'aller à *** je n'ai pas osé refuser ; j'ai craint, j'ai

réfléchi, jai dit oui ; & vous croirez
que cet arrangement m'enchante. Eh!
bien, tant mieux, croyez-le..... Bon
soir , Monsieur.....

LETTRE

## LETTRE XX.

*Du Chevalier à Mad. de Senanges.*

Ah ! Madame, que je suis heureux !...
Voici la premiere faveur que je reçois
de vous ; mais elle est bien douce, bien
sentie. Quoi ! je vous inspire quelqu'intérêt ? Quoi ! mon éloignement seroit
douloureux à votre amitié ! ... Je ne
songe plus au voyage de Londres.
Moi, vous quitter & mettre les mers
entre nous ! moi qui ne peux souffrir
d'être séparé de vous, pendant un jour
seulement, qui voudrois vivre à vos
pieds, qui mourrois cent fois dans votre absence ! Je cherchois une femme
qui pût me fixer, je l'ai trouvée ; je
ne desire plus rien. Le seul reproche
que j'aie à vous faire, c'est d'attirer
trop les yeux. Oui, oui, je le répete,
je voudrois que vous fussiez moins
brillante, j'aurois moins d'allarmes,

*I. Partie*                          F

parce que votre ame, cette ame si belle, vous appartiendroit davantage; je n'aurois pas à vous disputer à tous les vœux, à tous les hommages, aux distractions de toute espece. L'éclat des charmes nuit quelquefois à la solidité des sentimens. L'amour-propre amuse, dédommage de la perte des vrais plaisirs, de ceux dont la source est dans le cœur, de ceux qui sont faits pour vous. Mais quel triste dédommagement! Que parlez-vous de craintes, de remords? Que craint-on, quand on est belle & adorée?... Quels remords peuvent naître d'un penchant délicat, honnête & vrai? Votre ame s'effarouche trop aisément. Si vous aimiez jamais, vous seriez heureuse, vous le seriez toujours.

Pour moi, je suis au comble de mes vœux; votre lettre m'a enivré de joie, & le ravissement où elle m'a laissé, nuit à l'expression de ma reconnoissance.

# LETTRE XXI.

*De Mad. de Senanges au Chevalier.*

JE ne suis plus surprise, Monsieur,
que vous m'aïez quitté tantôt si brus-
quement, ni que vous vous soïez re-
fusé au desir que j'avois de passer avec
vous le reste de la soirée. Non, rien à
présent ne sauroit m'étonner. Des en-
gagemens plus anciens, plus chers,
les seuls peut-être qui vous intéres-
sent, vous appelloient ailleurs; & moi,
qui en ignorois la force, je voulois...
Je croyois.... Je ne veux, je ne crois
plus rien. J'ai appris bien des choses,
dans la maison où j'ai soupé : on a
parlé de votre constance, & ce seroit
une vertu, si, le cœur rempli d'un
objet, vous n'aviez pas cherché à troubler la tranquillité d'un autre. Quand
je disois du mal des hommes, si vous

saviez quelle distance je mettois entr'eux & vous ! ô ciel , je me trompois !
Je ne l'aurois jamais imaginé. Que
m'importe après tout ?.... Ah ! que je
suis heureuse de ne connoître que l'a-
mitié !

## LETTRE XXII.

*Du Baron à Mad. de Senanges.*

Si je vous écris rarement, ma belle amie, c'est par discrétion, bien plus que par négligence. Qu'auroit à vous mander un solitaire qui cultive ses champs, & ne sait plus trop comment va ce monde-ci? mais tout rustique que je vous parois, croyez que je songe à vous, & toujours avec attendrissement. On peut perdre de vue les personnes qui ne sont que jolies; on n'oublie jamais celles qui sont aimables, vous êtes l'un & l'autre; je me le rappelle à merveille, & le solitaire se laisse, de tems-en-tems, gagner par les souvenirs de l'homme du monde. Je mêle votre idée à l'image d'une matinée bien fraîche, d'un jour serein, en un mot, à tous les objets riants que me présentent les scènes

F iij

variées de la campagne. Vous êtes
toujours pour quelque chose dans la
foule des beautés qui me sont offertes
par la nature.

Les éloges d'un habitant de la campagne sont simples comme elle. Eh
bien ! ils n'en sont peut-être que plus
piquants pour vous. L'odeur qui s'exhale des prairies, vaut mieux que ces
parfums composés & vaporeux, qui
enivrent les sens, les accablent, & finissent par les émousser.

Le bon M. de Vallois me donne de
tems - en - tems de vos nouvelles. Je
sais par lui que vous êtes toujours libre, toujours raisonnable, c'est-à-dire
toujours heureuse. Ah ! conservez
long-tems, n'abandonnez jamais ce
système d'indépendance, que vous
devez à vos malheurs, autant qu'à vos
réflexions. Ne vous laissez point séduire aux hommages, ils masquent des
perfidies. Jouissez de votre beauté,
respirez l'encens ; mais prenez garde

qu'il ne vous entête. Avec la sensibilité que je vous connois, vous seriez
perdue, si vous cessiez d'être indifférente. Je ne suis point un pédant qui
pérore en faveur des préjugés ; je suis
l'ami le plus tendre , & c'est votre
cause que je plaide.

Croyez-moi, j'observe dans le silence des passions & des petits intérêts qu'elles multiplient ; j'observe
bien. Votre position, la trempe de
votre ame, celle même de votre esprit, tout vous défend de vous lier.
Vos chaînes seroient légeres d'abord,
leur poids se feroit sentir avec le tems.

Au reste, qu'est-il besoin de vous
armer contre l'amour ? Les hommes,
tels qu'ils sont aujourd'hui, font votre sûreté bien plus que mes conseils,
& peut-être que vos principes. Quels
hommes ! quelle race dégénérée ! comme ils sont vains, inconsidéres, orgueilleux sans élévation, cruels sans
énergie ! Ils ne tiennent pas même au

caractere de la nation, par cette effervescence de courage, qu'autrefois il
falloit réprimer, & qu'envain vou-
droit-on aiguillonner aujourd'hui. Ils
ne font plus, dans le feu de la jeunesse, de ces fautes brillantes qui promettent des vertus pour l'âge mûr.
Leur ame s'endort dans le vice, se réveille dans le découragement, & se
corrompt tout-à-fait par l'exemple.
Le moyen de rencontrer, dans ce
tourbillon méprisable, un être qui soit
digne du titre d'amant, qui sache estimer ce qu'il aime, & s'enflammer
pour ce qu'il estime ! Mais, si, par
hazard, il s'en trouvoit un qui eût
sauvé son ame de la contagion, qui
attachât les regards par le mêlange
des agrémens & des qualités.... Ah !
défiez-vous sur-tout de celui-là : c'est
le sentiment que je crains pour vous ;
l'homme qui peut en inspirer le plus,
est celui dont vous devez vous garder
davantage. Dans l'amant le plus hon-

nête, la chaleur de la passion, sa vérité même n'en garantit point la du-
rée. La différence que je fais de lui
aux autres, c'est qu'il pleure son illusion, c'est qu'il regrette ce qu'il abandonne, c'est qu'il aime encore, même
en le quittant, l'objet qui ne l'enivre
plus. Eh ! qu'est - ce qu'un procédé,
pour une ame vertueuse, dont la vie
est l'amour, & qui s'est liée par ses
sacrifices ? Que font les larmes d'un
ingrat qui n'essuie pas celles qu'il fait
couler ? Que signifie une commiséra-
tion stérile pour une femme qu'on
rend malheureuse, après l'avoir accoutumée à une sorte d'idolâtrie, au
délire du sentiment, & à l'orgueil de
n'avoir point de rivales !

Ce tableau n'est que trop fidéle, &
je suis sûr de l'impression qu'il fera sur
vous. C'est dans les cœurs tels que le
vôtre, que l'amour s'approfondit, &
fait ses plus affreux ravages ; il glisse
sur les ames corrompues. Les femmes

aiment, à proportion de leur honnêteté ; combien ce que je dis est menaçant pour vous !

Croyez-moi, nous ne valons pas les risques d'un attachement. D'ailleurs, la nature n'est nulle part si contrariante, que dans ce qui regarde l'union des deux sexes ; les hommes aiment mieux, avant ; les femmes, après ; comment voulez-vous que tout cela s'accorde ? Amusez-vous ; faites les délices de la société, & dominez sans jamais vous laisser dominer vous-même. Adieu, ma belle amie, vous avez éprouvé des malheurs nécessaires & forcés, n'en ayez point qui soient de votre choix : ce sont les seuls pour lesquels il n'y ait pas de consolation.

# BILLET

*Du Chevalier, à Mad. de Senanges.*

J A I passé chez vous , hier , dans l'espoir de vous faire ma cour : on m'a dit que vous étiez sortie : il m'a semblé pourtant que la voiture du Marquis\*\*\* étoit à votre porte. C'est sans doute une méprise de vos gens ; que je leur en veux ! Ils m'ont privé du plaisir de vous voir ; j'espere que je serai plus heureux aujourd'hui.

### *Autre Billet du Chevalier.*

V OILA huit jours de suite que je me présente à votre porte , sans pouvoir vous rencontrer , tandis que le Marquis.... Pardonnez à mon trouble.... O Ciel ! quel avenir j'envisage !... Pourriez-vous ?.... Mais non.... Cependant vous me fuyez ! vous ne répondez pas même à mes lettres.... Quelle froideur ! quel dédain ! l'ai-je mérité ?..

### *Autre Billet du Chevalier.*

J'OUBLIE un moment toute mon infortune, pour ne m'occuper que de vos intérêts. Apprenez, Madame, les bruits qui courent & qui m'indignent. On dit que le Marquis.... Je mourrai avant de le croire; mais le public, cet inéxorable public!... Imposez-lui silence, ménagez votre gloire, &, s'il le faut, ajoutez à mon malheur. Le Marquis!.... il auroit su vous plaire! lui! vous ignorez peut-être..:.... Ah! connoissez-le tout entier; voici une lettre qu'il a écrite, il y a quelques mois, & dont lui-même a donné des copies; ainsi je ne le trahis point. Vous y verrez l'opinion qu'il a des femmes, vous verrez son systême de scélératesse avec elles, vous verrez enfin s'il devoit même vous approcher.

*Copie de la Lettre du Marquis \*\*\*,*
*au Chevalier de \*\*.*

Es-tu fou, Chevalier, avec tes sermons, que tu qualifies de conseils, &
ton intolérance sur tout ce qui regarde
la galanterie ? Tu veux que l'on soupire toujours, qu'on ne trompe jamais, qu'on soit de bonne foi, & avec
qui ? avec les femmes ! pauvre Chevalier ! de la bonne foi, avec des êtres,
dont l'essence est le manege, & qui
estiment l'amour, bien plus par les
ruses qu'il suggere, que par les jouissances qu'il donne ! Tu vas te rejetter
sur les exceptions ; j'y croirai, si tu
l'exiges ; mais, que veux-tu ? je n'en ai
jamais recontré.

Quant au plaisir de changer, tu ne
l'as point assez approfondi, mon cher,
pour le discuter avec moi. Le plus volage est, sans contredit, le plus philosophe, & cette philosophie, par

exemple, est merveilleusement adop-
tée par ce sexe charmant, dont tu es
le tendre apologiste.

Une sauvage, abandonnée à l'impulsion de la nature, change pour satisfaire aux *lubies* de son tempéra-
ment. Une femme policée, pour tâcher de s'en faire un. L'une obéit à ce
qu'elle a, l'autre cherche ce qu'elle n'a
pas : toutes deux vont au même but,
ont les mêmes principes, & emploient
les mêmes moyens, comme les plus
sûrs dans tous les cas. Il n'y a point
de caractere à qui l'inconstance ne
réussisse. La coquette change par systême. Elle a l'air de multiplier ses
charmes, en multipliant ses adora-
teurs ; la prude, par équité : elle s'impose extérieurement tant de privations, qu'il est juste que son intérieur
n'en souffre pas ; rien au monde n'est
plus exigeant que l'intérieur d'une
prude. Les étourdies y trouvent leur
compte ; ce sont toujours quelques

bluettes de bonheur qu'elles attrapent en courant. Les femmes voluptueuses, & je pourrois te citer ce qu'il y a de mieux dans ce genre, m'ont juré dans des quarts-d'heures d'épanchement, que le physique y gagnoit, & que la volupté n'y perdoit pas.

Tu vois que je m'appuie d'autorités respectables; & d'ailleurs, j'ai sur cela une pratique soutenue qui complette l'évidence de mes raisonnemens. Voilà donc les femmes décidées volages. Pourquoi diable veux-tu que nous ne le soyons pas? Ce sentiment romanesque, dont tu me parles, quand il est porté à un certain excès, est, en quelque sorte, le néant de l'ame; il éteint son feu que tu prétends qu'il concentre; il l'endort, lui ôte le mouvement, la vie, & je ne connois que l'infidélité, qui puisse rétablir la circulation. Encore est-il des cœurs désespérés sur lesquels elle ne peut rien.

Eh ! que devient l'honnêteté, vas-

tu me dire ? Tout ce qu'elle peut ;
Chevalier : tu verras qu'il est très-hon-
nête de mourir d'ennui , de tenir à un
lien qui pese , de se piquer d'un héroïsme bourgeois , & de s'abrutir par
délicatesse. Connois - tu rien de plus
lourd à porter , qu'une chaîne où le
procédé vous retient , quand le plaisir
vous appelle dans une autre ? La vie
est un éclair , il faut que nos goûts
lui ressemblent , qu'ils soient brillans
& rapides comme elle. Tu as peut-
être rencontré quelquefois dans la société, de ces couples soi-disant amoureux & arrangés depuis des siécles ,
qui , en secret , excédés l'un de l'autre ,
se gardent , par ostentation , & pour
donner un vernis de mœurs à leur
commerce ? Ne conviendras-tu point
que ces prétendus traits d'un amour
exemplaire , sont révoltans pour un
homme un peu profond , & qui a réfléchi sur la portée du cœur humain ?

Je voudrois qu'il y eût peine de
banissement,

banissement, pour tous ceux qui s'ai-
meroient plus de vingt jours de suite.
Je me défie des femmes trop tendres,
& dissertant à perte de vue sur les
charmes d'une union durable, sur l'as-
sortiment des ames, & ces lieux com-
muns de la veille galanterie. Ces rai-
sonneuses-là sont quelquefois plus per-
fides que d'autres. Vivent les folles !
les Théologiennes, en fait de sentiment, sont au cœur, ce qu'est au pa-
lais d'un buveur, de l'eau bien clari-
fiée: on est, avec elles, désaltéré si
tristement ! on languit dans leurs bras,
& l'on a soif d'autre chose.

Toi qui, je l'espere, nous soutien-
dras bientôt qu'il est *monstrueux* d'ê-
tre infidele, sais-tu qu'il faut l'être,
pour l'intérêt même des femmes qu'on
aime? Ayez une maîtresse, que rien
n'inquiete, que rien n'allarme, sûre
de vos hommages, convaincue de votre sentiment; elle en accepte les preuves avec tranquillité, c'est-à-dire sans

*I. Partie.*  G

reconnoissance. Une femme tranquille ne tarde pas à être froide. Sa sécurité devient présomption, elle se fie à ses charmes, regarde l'amour comme une dette, croit l'amant trop heureux quand il s'acquitte. Vous lui êtes cher, si vous voulez; mais, vous cessez d'être piquant : elle même ne fait plus de frais, elle est aimable, quand elle peut, pense toujours l'être assez, se repose de tout sur votre ivresse, & finit par perdre la sienne. Donnez-lui une rivale; tout se réveille, & se ranime : sa haine pour celle qui lui ravit votre cœur, met en action l'amour qu'elle a pour vous ; vous redevenez intéressant, les insomnies commencent, viennent ensuite les billets du matin. On s'emporte, on se désespère, on pleure, & l'on s'embellit en pleurant. Pour mettre ces dames tout-à-fait dans leur jour, il est d'obligation de les tourmenter ; leur esprit y gagne, leur ame aussi. Les femmes quittées sont surprises elles-mêmes des ressorts de leur imagination ; elles font plus, cent fois, pour ramener un infidele, qu'elles n'avoient fait pour le séduire ; & je ne les trouve vraiment aimables, que quand elles sont très-malheureuses. Qu'en arrive-il ? Les consolateurs surviennent, on les écoute, on se familiarise avec leurs propositions : on y céde, & ce sont des effets qui rentrent : le commerce va, les désœuvrés y trouvent leur compte, tout le monde est content.

D'ailleurs, une femme qu'on force à faire un nouveau choix, doit conserver une reconnoissance éternelle à l'amant qui lui procure le charme inexprimable de la vengeance. Ma morale est bonne, je t'en réponds ; je change par indulgence pour moi, & par égard pour les autres. Il ne m'est jamais arrivé de me reposer plus d'un instant sur une même impression. Quand, par hazard, je vais au spectacle, j'y

apporte toujours trois ou quatre intentions qui m'occupent, m'exercent
& me tiennent en haleine; j'y brave
celle que j'ai eue, je lorgne celle que
je veux avoir, & j'inquiete celle que
j'ai. Voilà les entr'actes remplis. Ce
mouvement éternel fixe les yeux sur
moi; les unes me prônent, les autres
me déchirent, toutes me citent, &,
dans le vrai, celles qui ne m'ont pas
eu, ne connoissent pas encore toutes
leurs ressources.

Une de mes folies, à moi, c'est de
faire faire aux femmes, des choses ex-
traordinaires; il n'y en a pas, qu'en
les prenant dans un certain sens, on
n'amene au dernier période de l'ex-
travagance; &, quand il s'agit de se
distinguer par quelque bonne singula-
rité, les plus réservées deviennent in-
trépides.

J'ai, depuis quinze jours, [ cela
commence à être mûr, ] une petite
femme qui n'a que le souffle. C'est

l'individu le plus frêle que je connoisse ; il semble qu'on va la briser quand on la touche. Son caractere a l'air d'être aussi foible, que son *physique* est délié, délicat & fragile ; elle a peur de tout, ne va point au spectacle, de peur des reculades ; craint le colisée, (où il ne va personne, ) à cause de la foule. Eh bien ! cette femme si craintive, si peu aguerrie, a eu le courage de me prendre ; elle a celui de me garder, & elle aura celui de me planter là, si je ne la gagne de vîtesse. Mais ce n'est rien encore ; je vais te conter, à son sujet, une anecdote curieuse qui pourra servir à l'histoire raisonnée & philosophique des femmes de ce siecle.

L'idole en question s'avise d'aimer éperdûment la musique. Je lui fis naître, un soir, la fantaisie de s'enivrer des délices de l'amour, au son des instruments les plus voluptueux, placés à une certaine distance, pour toutes sortes de raisons. La voilà folle de cette idée, toutes les nuits elle ne rêve qu'à l'exécution du projet. Nous prenons jour, & nous choisissons exprès, afin d'avoir des difficultés à vaincre, celui qui en offroit davantage. Elle étoit priée à un grand souper, chez la jeune Duchesse de ***; son mari devoit en être. Comment se tirer delà? Je le répete, dans les jours d'action, rien n'est tel, que les femmes timides; elles font des prodiges de valeur. On mit d'abord la Duchesse dans la confidence. Il s'agissoit de tromper un mari; tout devient facile alors. On sert, on annonce, on se met à table. Ne voilà-t-il pas que mon héroïne joue les convulsions, l'évanouissement. Tous les convives se levent & cherchent à la secourir. L'intelligente Duchesse s'en empare, la conduit dans son appartement, la fait sortir par une issue secrettement pratiquée pour son usage, & lui confie la clef d'une porte,

par laquelle on pouvoit s'évader en
cas de besoin. Après cette expédition,
elle revient, rassure tout le monde,
certifie que la malade est couchée, &
s'adressant au mari : soyez tranquille,
dit-elle, je vous renverrai demain votre femme dans le meilleur état.

Tu vois d'ici la jolie Pélerine, en-
sevelie sous son coqueluchon, empri-
sonnée dans de petites mules bien
étroites, exposée à toutes les gaîtés
nocturnes des aimables libertins qui
voyagent à cette heure dans Paris,
trembler, frémir, chanceler à chaque
pas, &, de transes en transes, s'ache-
miner vers ma demeure. Je l'attendois
à l'entrée de la rue où je loge ; j'apperçois la voyageuse, & la recueille enfin plus morte que vive. Elle me suit
sous de longues galleries fort obscu-
res, (car on avoit discrettement éteint
les lumieres, ) & je la conduis avec
des précautions tout-à-fait magiques,
jusqu'à l'intérieur de mon apparte-

G iv.

ment. La volupté elle - même avoit
pris soin de le décorer. Le jeu des
lumieres, multiplié par le reflet des
glaces, le choix des peintures les plus
analogues au moment, tout sembloit
y inviter au plaisir. Elle ne vit rien
de tout cela. A peine fut-elle entrée,
qu'elle se laissa tomber sur la plus
molle, la plus sensuelle & la plus em-
ployée des ottomanes, où, pendant
plus d'une heure, elle resta sans mouvement. Ce n'étoit pas là mon compte.

Mes clarinets commencerent à jouer;
ils la tirerent de sa léthargie. Elle re-
connut & comprit à merveille ce signal
des grands événemens de la soirée.
J'avois recommandé que les premiers
airs fussent bien sourds, bien lents,
& interrompus par intervalle, afin de
de ne pas ébranler trop tôt des orga-
nes affoiblis par la fatigue. Ses sens se
remirent, par degrés, à *l'unisson*, &
heureusement pour moi, reprirent
leur activité.

Après ce prélude, le souper sort de

dessous le parquet, sur une table couverte de fleurs, & éclairée par des girandoles. Tu t'imagines bien que jamais souper ne fut plus délicat, ni plus irritant. Tant qu'il dura, la musique fut vive, gaie, pétulante, quelquefois même un peu bachique; elle se radoucit peu-à-peu, & nous indiqua le moment d'entrer dans le boudoir. J'aime bien mieux te peindre le triomphe, que de t'en décrire le lieu. Mon orchestre, alors, part comme une éclair. Une musique animée, rapide, expressive, figure la chaleur, la vivacité, & l'intéressante répétition des premieres caresses.

Ce calme passionné qui leur succede, cette langueur, ce recueillement de l'ame, où l'œil detaille ce que la bouche a dévoré, ces momens où l'on jouit mieux, parce qu'on est moins pressé de jouir, sont imités par cette harmonie douce, languissante, entrecoupée, qui ressemble à des soupirs.

Enfin, de transports en transports, d'extases en extases, je parvins à lasser mes Musiciens. Ma belle & nonchalante maîtresse leur demandoit encore quelques airs, & m'auroit volontiers chargé de l'accompagnement; mais l'aurore qui commençoit à paroître, vint l'arracher à son ivresse. Je la reconduisis chez son amie, & pendant le chemin, elle m'avoua naïvement que jamais concert ne l'avoit tant amusée. Le lendemain, on la renvoya à son benet d'époux. Ce qu'il y a de réjouissant, c'est qu'elle contraignit cet imbécile-là d'écrire à la Duchesse, pour la remercier du service qu'elle lui avoit rendu, & des soins tout particuliers qu'elle avoit eus de sa femme.

Tu t'imagines bien que ce coup d'éclat finit l'intrigue. Il est impossible, qu'après cette soirée Madame de *** fasse quelque chose de saillant. J'en ai tiré, je crois, tout le parti possible,

& je la rends de grand cœur à la société. Avoue, Chevalier, qu'en mille
ans, ton rafinement de sensibilité ne
te donneroit pas des plaisirs aussi
vifs, aussi piquans, & sur-tout aussi
neufs.

Adieu, j'ai été bien aise de t'initier
une fois, dans des mysteres inconnus
aux amans vulgaires. Cette lettre est
une espece de code que je compte pu-
blier, un jour, pour l'encouragement
des Dames & l'instruction des hommes. Il faut bien éclairer son siecle,
& mériter le beau titre de citoyen.

# LETTRE XXIII.

### *De la Marq. d'Ercy, au Chevalier.*

O H ! l'excellente découverte ! ne craignez rien, Chevalier ! Je serai discrette ; je respecterai le motif de votre séjour à Paris , & le secret de vos amours. Vous voilà donc infidele ? Je n'en voulois rien croire , plus par bonne opinion de moi , que par confiance en vous. Mais ce qu'il y a de tout-à-fait amusant , c'est que ce soit Madame de Senanges que vous me donniez pour rivale ! Vous avez dû bien rire de ma derniere lettre. Je m'adresse à l'amant de cette femme , pour lui confier tout le mal que j'en pense ; c'est son Chevalier , que je charge de punir son petit orgueil. Dans quel piége vous m'avez conduite ! avouez que le tour est *leste*. Je ne vous croyois point de cette force-

là. Je suis votre dupe ; c'est un triomphe , je vous en avertis ; les dupes
comme moi sont rares. J'avois pensé
que, de nous deux, c'étoit moi, qui
aurois l'esprit de tromper la premiere ;
vous m'avez prévenue , & cela me
donne un grand respect pour vous.
Vous vous attendiez peut-être que
j'allois éclater en reproches ! non pas,
s'il vous plaît ; je ne suis pas persécu-
tante, de mon naturel, je prends les
choses plus gaîment. D'ailleurs, des
objets trop graves m'occupent, pour
que j'aie le tems de jouer un désespoir
en régle ; je n'ai pas deux minutes à
donner à ce qu'on appelle un dépit
amoureux. Ce sang-froid, sans doute, est piquant pour vous ; mais il est
commode pour moi ; & , au terme où
nous en sommes, il est juste que nous
nous mettions tous deux fort à notre
aise. Vous vous imaginez bien que,
dans l'abandon cruel où vous me laissez, je ne tarderai point à trouver

des consolateurs. Comme je suis encore *infiniment* jeune, que je ne tombe pas tout-à-fait des nues, & que, sans être belle comme Mad. de Senanges, je suis, dit-on, d'une figure assez passable, je ne m'allarme point sur mon sort, & je suis consolée de votre crime; (car les femmes prétendent, je ne sais trop pourquoi, que l'infidélité en est un,) j'en suis consolée, dis-je, par la facilité de la vengeance.

Cependant, comme un reste d'intérêt me parle encore pour vous, je dois vous avertir charitablement, de ce qu'un odieux public débite sur le compte de votre nouvelle conquête. On ne lui dispute point sa jeunesse; elle en a toute la gaucherie, & l'on auroit tort de la chicaner sur cet article; mais on lui reproche de n'être rien moins que naïve, & d'avoir la rage de faire l'enfant. On prétend que rien, si ce n'est son ame, n'est plus artificiel que son teint. Au reste, ce sont des mysteres de toilette, dans lesquels il ne nous sied pas de pénétrer. On me soutenoit, l'autre jour, & j'en étois furieuse, que sa douceur n'est que de l'hipocrisie, que son caractere tient le milieu entre la prude & la coquette, ( toujours en y ajoutant la nuance de la fausseté ) que, très-incessamment, son cœur deviendra banal; & qu'enfin tout son esprit est composé de réminiscences. Pardon, Chevalier ! mais, comme l'amour est aveugle, & que tous ceux qu'il blesse ne voient gueres mieux que lui, j'ai cru devoir vous fournir quelques lumieres sur l'objet de votre idolâtrie ; je suis sûre que vous m'en saurez bon gré. Levez un coin du bandeau, vous verrez, peut-être, ce que la passion vous cache.

A propos, on prétend que Madame de Senanges veut vous assujettir aux chimeres d'un amour purement spéculatif. Vous voilà déclaré Sylphe ;

je vous en félicite. Mais gare les Gno-
mes, Chevalier! ils profitent de certains momens, & Mad. de Senanges,
que l'on calomnie toujours, a, dit-on,
plusieurs de ces momens-là dans la
journée.

Je vous ennuie, & je ne conçois
pas moi-même, pourquoi je vous ai
écrit une si longue lettre? Ce n'étoit
pas mon intention; je ne voulois que
vous éclairer sur le compte de Mad.
de Senanges, & vous tranquilliser sur
le mien. Adieu, Chevalier.

LETTRE

## LETTRE XXIV.

*Du Chevalier, à Madame d'Ercy.*

VOTRE *sang-froid* ne me *pique* point, Madame; mais il me console-roit si quelque chose pouvoit conso-ler un homme honnête, d'avoir à rompre le premier, des nœuds aux-quels il a dû quelques intervalles de bonheur. L'ironie soutenue de votre lettre, me prouve combien votre ame est maîtresse d'elle-même, & le peu d'importance qu'elle attachoit à mon sentiment : je vois, par la maniere dont vous y renoncez, le principe se-cret de mon inconstance. Votre froi-deur a commencé mon crime, les cir-constances l'achevent, votre ton le justifie. Je ne serai point faux en cher-chant à pallier mes torts.

Je suis reconnoissant, je le serai toujours, de la vivacité que, souvent

*I. Partie.*          H

malgré moi, vous avez mise à me servir; je ne prononce votre nom qu'avec
attendrissement. D'où vient donc suis-
je infidéle? est-ce votre faute, est-ce
la mienne? Ah! je le sens, votre caractere ne pouvoit simpathiser long-
tems avec le mien. Les détails de votre ambition, ceux de votre coquetterie, vous laissent les grâces nécessaires pour conquérir, mais nuisent,
chez vous, aux moyens de conserver.
Vous aimez en courant; l'amour n'est
pour vous qu'une distraction, une
forte de relâche à l'intrigue; & quand
il n'est pas l'affaire la plus importante
de la vie, il en est la plus frivole.

Je ne m'expliquerai point sur l'espece d'attachement que j'ai pour Mad.
de Senanges; mais je la connois, je
l'estime, je la respecte; & c'est assez
pour repousser l'injustice qui l'attaque. Je serois, à la fois, inhumain &
lâche, si je la laissois immoler aux
propos d'un public méchant & mal-

instruit. Vous ne faites sans doute que le répéter ; car je ne puis croire que vous ayez rien inventé des horreurs dont votre lettre est remplie. L'amour-propre blessé peut rendre injuste ; il ne rend point atroce & barbare. Encore une fois, je vous plains d'une erreur, je ne vous accuse point d'une infamie. Mad. de Senanges est enviée, vous êtes crédule, intéressée à l'être ; par-là, tout s'explique. Vous avez pris le poignard de la main de ses ennemis ; & vous n'êtes que l'instrument aveugle dont on se sert contre l'innocence.

Voulez-vous voir Mad. de Senanges telle qu'elle est ? Imaginez le contraire du portrait que vous m'en faites. Je laisse à la nature, à qui elle doit tous ses charmes, le soin de venger son teint des outrages de la jalousie ; c'est son ame qu'il importe de faire connoître & respecter. La sienne est trop belle pour être fausse. Qu'auroit-elle

à cacher ? Croit-on lui enlever ses qualités, en lui supposant des vices qui
sont si loin d'elle ! Croit-on la juger,
quand on la calomnie ? Combien vous
rougirez, Madame, d'avoir cru si lé-
gérement des bruits qu'il étoit si aisé
de détruire ! Avec quel plaisir, (c'en
est un digne de vous,) vous justifierez
Madame de Senanges, aux yeux même de ses accusateurs ! Eclairée par
son expérience, combien vous trem-
blerez pour vous-même, puisque les
mœurs, l'honnêteté, l'élévation des
sentimens, ne mettent pas celles qui
honorent le plus votre sexe, à l'abri
des plus noires imputations ? Au reste,
Madame, si on vous attaquoit jamais,
(car je crois tout possible, après ce
qui arrive à Madame de Senanges,)
jugez, par la chaleur avec laquelle je
viens à son secours, du zele que je
mettrois à vous défendre.

## LETTRE XXV.

*Du Chevalier de Versenai, à Mad. de Senanges.*

Qu'ai-je donc fait, Madame ? car vous êtes trop honnête, pour me traiter avec tant de rigueur, si je n'étois pas infiniment coupable, & j'aime mieux me supposer tous les torts, que d'oser vous en imaginer un. Encore une fois, qu'ai-je donc fait ? Voilà trois semaines que votre porte m'est fermée, que vous ne répondez point à mes lettres, & que vous recevez, presque tous les jours, un homme sur le compte duquel vous devez être éclairée. J'ai beau chercher dans ma conduite les motifs de la vôtre ; je ne les y trouve point. A Dieu ne plaise, que je regarde votre sévérité comme le jeu d'une coquetterie barbare, qui n'amene l'amour à l'excès de l'ivresse,

H iij

que pour déchirer ensuite le cœur sensible qu'elle a blessé! Je mériterois ce qui m'arrive, si j'avois nourri, un seul instant, cette idée outrageante pour vous. Non; vous me punissez de quelque faute involontaire, & je n'ai pas même le droit de me plaindre.

Ils ont peu duré, ces beaux jours où vous me donnâtes des preuves de confiance & d'amitié. Par combien de tourmens vous m'avez fait expier ce plaisir, hélas! si rapide! C'est depuis cette époque de félicité, que tout a changé dans votre cœur & pour le mien. Quelle en est la cause? je m'interroge, je ne me reproche rien, & je pleure un crime que je ne connois pas. Je suis bien malheureux! ne me faites pas du moins l'injure d'en douter. Quelques autres circonstances se sont mêlées à ma disgrace; je n'ai apperçu, je n'ai senti que les peines qui me venoient de vous. Mon ame est inaccessible à toute autre impression;

je n'en ai qu'une, elle est affreuse ;
mais elle tient à vous, je m'y attache,
j'aime à l'approfondir, à m'y concentrer. J'enfonce avec délice le trait qui
me tue, & je trouve un charme funeste
à entretenir la douleur dont vous êtes
l'objet.

Hélas ! qu'est devenu cet intérêt si
doux, que répandoit sur toutes mes
actions l'espoir de ne vous pas déplaire ? Que de nuages brillans & per-
fides me cachoient un avenir que je
ne croyois pas si prochain ? Rien,
alors, rien ne m'étoit indifférent. Vous
chercher, vous attendre, vous appercevoir, obtenir un regard de vous,
c'étoit mon bonheur ; les rêves de la
nuit, les événemens du jour, tout
vous retraçoit à mon imagination,
tout occupoit mon cœur....... Dans
quelle solitude vous m'avez laissé !
Maintenant tout me fuit, jusqu'à l'espérance, ce bien qui trompe & console. Je ne tiendrois plus à la vie, sans

le plaisir de répandre des larmes , & de sentir , par l'excès de ma peine , à quel excès vous auriez pu me rendre heureux. Qu'on ne me parle plus de fortune , de gloire , de ces vains honneurs dont je ne briguois la possession tumultueuse , que pour me parer de quelques avantages aux yeux de celle qui les a tous. Tourment de l'ambition , fiévre des cœurs arides , les amans heureux te dédaignent ; les infortunés t'abhorrent. Ah ! Madame , vous m'avez rendu affreux ce qui distrait les autres hommes.

Au nom des pleurs dont je mouille ce papier , instruisez-moi du moins , des motifs qui vous font agir. M'a-t-on calomnié auprès de vous ? Ne me cachez rien ; je puis me justifier de tout ; je ne crains que l'obscurité de mes accusateurs , & le mystere que vous m'en faites. Que vous a-t-on dit ? Parlez...... Je meurs , si vous ne me répondez pas. Accablez-moi tout-à-fait ; j'en suis réduit à envier un malheur qui ne puisse plus croî-tre. L'incertitude où je suis est plus affreuse que le désespoir.

# LETTRE XXVI.

## *Du Marquis de \* \* \* au Chevalier de Versenai.*

JE ne sais quel attrait, Chevalier, me ramene toujours à toi, quand j'ai quelque bonheur à confier; car, sans me vanter, je n'ai pas besoin de confident pour mes peines. Tu te rappelles peut être une certaine lettre que je t'écrivis, il y a quelques mois; elle fit un bruit, un scandale!... on se l'arrachoit. J'en ai moi-même distribué des copies, afin de satisfaire à l'avidité des amateurs. Eh bien! il en est tombée une entre les mains de Mad. de Senanges. J'aurois cru, d'après l'infléxibilité de ses principes, & la dignité de ses mœurs gauloises, qu'elle pouvoit en être effarouchée. Point! depuis cette lecture, elle a redoublé d'intérêt pour moi, & me traite mieux que jamais. Elle me prêche un peu; mais avec tant d'aménité, un organe si doux, qu'elle détruit elle-même tout l'effet de ses sermons. Je crois, Dieu me pardonne, qu'elle auroit quelqu'envie de me convertir. C'est un secret que je dépose dans ton sein, & tu suivras avec moi, mon cher Chevalier, toutes les gradations de mon bonheur. J'ai eu, jusqu'ici, de ces femmes accomodantes, expéditives & faciles, qui donnent plus de vogue que de consistance. Ma réputation est plus brillante que solide; il est tems de la conduire à sa maturité, & d'en imposer à ces Dames, qui, je ne sais pourquoi, se sont avisées de me croire superficiel. Madame de Senanges a justement ce qu'il me faut pour cette opération. Plus je la vois, plus je la trouve estimable. Avec une apparence de légéreté, elle a des goûts solides, de la supériorité dans l'esprit, de l'hé-

roïsme dans l'ame , une noblesse
vraie, répandue sur toute sa personne : c'est une femme qui mérite
qu'on la distingue ; & , en lui sacrifiant
un mois plein , il est possible de se
faire avec elle un très-grand nom.

Comme tu l'as cultivée ( très - inu-
tilement il est vrai ) mais assez pour
la bien connoître , je te demanderai
quelques instructions préliminaires.
Quand je tombe dans l'embuscade
des honnêtes femmes , je t'avouerai
que je me trouve dans un pays perdu. Chevalier , tu me serviras de fa-
nal , tu m'aideras de tes conseils ; je
te crois miraculeux pour la consul-
tation.

A propos, l'on ne te voit plus chez
la belle Vicomtesse ; te boude-t-on?
Serois-tu absolument éconduit ? j'en
serois désolé. Je voudrois te voir
là , pour applaudir à mes progrès ,
& encourager mon inexpérience. Je
me dispose à jouer un rôle brillant,

mais il me faut un théâtre & des spec-
tateurs. Quel Guerrier aimeroit la
gloire, sans l'aiguillon des témoins ?
Il en est de même des amants. Bon
jour.

# LETTRE XXVII.

### De Mad. de Senanges au Chevalier de Versenai.

J'APPRENDS, Monsieur, que vous êtes brouillé avec Madame d'Ercy, & je dois vous porter à la revoir. Elle a du crédit, sans doute des qualités. Vous lui avez rendu des soins, elle a pu vous être utile; elle pourroit vous l'être encore; pourquoi rompre avec elle?.... Si elle alloit vous desservir! Mais non, je suis injuste. L'intérêt que je prends à ce qui vous regarde, me rend tout ce que je n'ai jamais été. Vous ne l'aimez donc plus, Madame d'Ercy?... Quelle est à plaindre!... si pourtant elle vous aime encore! Ah! ménagez son amour-propre, sur-tout sa sensibilité; il est dangereux de blesser l'un, il est plus affreux d'affliger l'autre. Vous êtes honnête, votre cœur

vous guidera mieux que personne. Enfin, Monsieur, retournez chez elle.....
s'il le faut. Non que je vous conseille
de feindre ce que vous ne sentez plus;
changer est un malheur; tromper, une
bassesse: mais que vos égards la consolent de ce qu'elle a perdu, vous ac-
quittent de ce qu'elle a fait, & vous
conservent une amie. Si j'étois moins
la vôtre, je n'entrerois pas dans tous
ces détails. Vous me les rendez inté-
ressans.

Je me suis bien consultée, & je me
livre à mon amitié pour vous, parce
qu'elle est pure, méritée; parce que
je n'en redoute plus rien.

Je vous l'avoue, j'ai craint votre
amour, je me suis craint moi-même;
je vous ai fui, j'ai eu avec vous l'apparence des torts; j'ai voulu l'avoir pour
vous détacher de moi. Ma porte vous
a été fermée, j'ai reçu le Marquis avec
une affectation dont vous ignoriez le
motif; & j'ai moins appréhendé l'opi-

nion qu'une telle conduite vous donneroit de mes principes, que je ne me
suis reproché d'avoir écouté l'aveu de
vos sentimens. Je devois vous imposer silence. Comment ne l'ai-je pas
fait ? Comment ai-je eu l'imprudence
de recevoir vos lettres & d'y répondre ? C'est un tort, un tort réel...

Enfin, Monsieur, je puis vous revoir..... Je le puis sans danger; vous
sentez à quelles conditions; &, si je
vous suis chere, vous n'hésiterez point
à vous y soumettre.

Mon cœur n'est point fait pour l'a-
mour. Eprouvée par des chagrins vifs,
armée de l'expérience des autres, soutenue par de bons conseils, heureuse
sur-tout du calme dont je jouis, je me
suis interdit pour toujours une passion, dont les commencemens peuvent être doux, mais dont les suites
m'effraient. La perte de l'honneur,
celle du repos, & peut-être, un jour,
l'abandon de l'objet auquel on a tout
sacrifié;

sacrifié ; voilà le sort des infortunées , qui paient, d'un siecle de peines , quelques instants de bonheur. Et quel bonheur encore, que celui qu'on se reproche , qu'on dérobe aux yeux de tous, qu'on voudroit pouvoir se cacher à soi-même!... Je méprise trop , pour en parler, les êtres qui n'ont plus de remords.

Je me connois : si je devenois sensible , ma vie seroit affreuse. Je ne m'appartiendrois plus, je dépendrois d'un geste, d'un mouvement, d'un regard : tout porteroit sur mon cœur. Allarmée sans soupçons , déchirée sans preuves, si je ne me défiois pas de mon amant, je me défierois de mes charmes ; je ne m'en trouverois jamais assez, pour lui plaire uniquement ; nous serions tourmentés tous deux.... Eh! quel seroit alors, quel seroit mon appui? Il n'en est point , pour celles qui tremblent de descendre dans leur intérieur... Encore une fois, je tiens

*I. Partie.*                    I

à mes résolutions ; j'y tiens plus que jamais, puisque je consens à vous recevoir. Vous, Monsieur, renoncez au vain espoir de porter le trouble dans une ame contente d'elle-même, assez douce pour vous pardonner d'avoir eu le projet de lui enlever son repos, mais affermie dans ses principes, & toute entiere à l'amitié.

*P. S.* Reverrez-vous Madame d'Ercy ? On prétend qu'elle ne m'aime pas... N'importe... Ce que je vous ai dit, je vous le répete ; & , si vous suivez mes conseils, je ne pourrai que vous en applaudir. Si vous imaginiez cependant que votre présence lui causât de la peine ou de l'embarras !.... Enfin, vous savez mieux que moi ce qui sera le plus convenable dans votre position ; & je pourrois, avec les meilleures intentions du monde, me tromper sur le genre de procédés qu'elle doit attendre de vous. Je vous renvoie la lettre du Marquis, je l'ai parcourue; elle ne m'a inspiré que de la pitié. Croyez que personne au monde n'apprécie mieux que moi ces êtres frivoles, orgueilleux & cruels, la honte de leur sexe, le mépris du nôtre, & désavoués par tous deux; ils ne sentent rien, ils sont punis.

# BILLET

*Du Chevalier, à Mad. de Senanges.*

Vous consentez à me revoir, & vous m'offrez votre amitié...... Je n'examine rien, je me soumets à tout; je supporterai tout. Je suis trop affecté pour vous répondre. Je sors, & vais tomber à vos pieds.

# LETTRE XXVIII.

### *De Mad. de Senanges au Baron.*

VOTRE souvenir , vos conseils ; tout ce qui m'assure votre amitié , m'est précieux ; j'aurois dû vous en remercier plutôt. Mais , Baron , la vie que je mene est si dissipée ! Des devoirs, des bienséances, quelquefois des affaires , tout m'enleve à moi-même , & j'en suis bien loin , quand je ne suis pas à mes amis. Que j'envie la paix de votre solitude ! que vous êtes heureux ! votre ame est calme, c'est le plus grand des biens ; c'est le fruit de la vertu. Vous en devez jouir , vous en jouirez toujours, & votre bonheur consoleroit presque de votre absence. Donnez-moi de vos nouvelles, donnez - m'en souvent : j'ai besoin d'en recevoir. Je cours beaucoup , & je ne m'amuse pas. Il est si peu d'êtres vrais, tant d'apparences trompeuses ! la bonne foi est si rare ! je le crains du moins. Si je le croyois , j'irois habiter un désert.

J'en conviens avec vous , tout sentiment trop vif est pénible. Il faut se commander , se vaincre , s'estimer toujours, & dédaigner les hommages, souvent faux , toujours intéressés de la plûpart des amans. Les écouter est un tort ; les croire, seroit un malheur. Mon indépendance m'est chere, ma gloire me l'est plus ; je les conserverai toutes deux. Moi , j'aimerois ! moi, si malheureuse autrefois , j'entrerois dans une nouvelle carriere de peines ! D'où viennent vos allarmes ? Si vous saviez quelle opinion j'ai des hommes , combien les vœux qu'ils nous adressent me paroissent plus offensans que flatteurs ! si vous le saviez, vous seriez rassuré. Je n'en ai rencontré qu'un seul, qui se soit préservé du danger de l'exemple. Il n'a point

les défauts de ses semblables, il est
votre ami : mais je suis juste pour
lui, sans qu'il soit dangereux pour
moi. Mes réflexions m'ont armée
contre tous. Je ne connois, je ne
veux connoître que l'amitié. Le Chevalier, si j'ose le dire, a puisé dans
votre ame, il vous apprécie, & c'est
pour cela que je le distingue. Nous
avons souvent parlé de vous ensemble ; peu de personnes sont dignes
d'en parler comme lui. Mon oncle
doit vous écrire. Ne le croyez pas,
s'il vous mande que je suis triste. Ses
bontés, sa tendresse pour moi, lui
font de ses craintes des réalités. Cet
oncle adorable est un pere, & quel
pere ! Qu'il vive plus long-tems que
moi ! c'est le vœu de mon cœur. On
dit que le Chevalier a aimé Madame
d'Ercy. Peut-être il l'aime encore,
cela me paroît tout simple, elle est
belle ; elle doit l'enchaîner. Votre lettre m'a allarmée. Je me suis exami-

née; je suis contente de cet examen,
& pénétrée du motif de vos inquiétudes ; mais soyez tranquille, j'ai votre
amitié, que me faut-il de plus?

## LETTRE XXIX.

### *Du Baron au Chevalier.*

J'AI reçu, Chevalier, une lettre de Madame de Senanges, & j'exige de vous que vous vous taisiez sur la confidence que je vous en fais. Elle a l'air d'être bien aise de vous connoître ; mais il seroit nécessaire que nous causassions ensemble sur l'esprit général de sa lettre. Je ne vous en dirai rien par écrit ; je sens pour vous l'importance d'un entretien détaillé. Si vous le désirez cet entretien , vous vous arracherez , pour quelques mois , au tumulte , au vertige de Paris & de votre imagination, pour venir respirer dans ma solitude. Ma proposition vous révoltera d'abord. Je sais avec quel empire on est retenu par les liens d'une passion naissante, & le perfide espoir d'un bonheur , trop souvent plus

qu'incertain; mais je connois encore
mieux pour vous les dangers du séjour, que je ne conçois les horreurs
de la séparation. L'habitude prolon-
gée devient aussi impérieuse que l'a-
mour même. On se familiarise avec
l'idée vague d'un plaisir qui n'arrive
point, avec des peines dont le sentiment s'émousse, & dégénere en une
langueur, pire que les tourmens de
l'activité. On use ainsi son courage
en plaintes stériles, sa force en inquiétudes fatigantes. Le ressort de l'ame
se détend, on s'accoutume à être foible; insensiblement on devient lâche;
enfin, on perd l'estime de soi, & c'est
alors que tout est perdu. L'être infortuné qui se méprise, n'a d'asyle que le
tombeau. Je peins sans ménagement,
parce qu'avec les hommes de votre
âge, l'amitié vraie mesure la force de
ses conseils à celle des passions qu'elle
doit diriger ou détruire.

Voici la belle saison: c'est un mo-

ment de chaleur & d'énergie pour
toute la nature. N'y auroit - il que les
ames qui ne participassent point à ce
renouvellement général? Croyez-moi,
Chevalier; venez reposer vos sens
dans ma retraite. Venez-y rafraîchir,
si j'ose m'exprimer ainsi, une ame
desséchée par la crainte, enflammée
par l'espérance, brûlée par toutes les
ardeurs de l'âge, & d'une imagination
éblouie.

Vous trouverez ici un beau ciel, un
site pittoresque, des côteaux paisibles, une forêt majestueuse, le spectacle des travaux & des vertus cham-
pêtres, le mouvement d'une vie occu-
pée, le tableau de l'innocence & la
gaîté qui l'accompagne; vous y trouverez des mœurs, du calme, un air
salubre, des livres & un ami. Vous ne
connoissez pas encore le plaisir de se
lever avec le jour, d'aller, un *Montai-
gne* à la main, se promener sur les
bords d'un étang solitaire, de forti-

fier les leçons du Philosophe, par le recueillement de l'homme sensible, par cette admiration religieuse qu'inspire l'aspect des campagnes, & de n'être interrompu, dans ses utiles rêveries, que par la rencontre d'un mortel vrai qui vous serre dans ses bras, partage vos plaisirs, & ne craint point d'entrer dans le secret de vos peines.

C'est dans mes prairies que croît le baume salutaire à vos blessures; c'est en s'enfonçant dans l'obscurité des bois, en y ouvrant son cœur à la voix d'un honnête homme, qu'on affermit le sien, qu'on apprend à se créer des plaisirs nobles, qui dédommagent des efforts qu'ils ont coûtés, & sur-tout à respecter les principes de la femme vertueuse qu'on aime, & qu'on cherchoit à dégrader.

Mon ami, le bonheur n'est que la récompense de la force mise en action.

Croyez-vous y atteindre, tant que

vous respirerez l'air envenimé de la capitale ? Le désordre y est autorisé par l'exemple, la foiblesse y est en quelque sorte indispensable. On suit la pente, l'abîme est au bout. Les bons naturels luttent quelque tems ; mais à la fin, le torrent les emporte, & ceux qu'il entraîne sont d'autant plus à plaindre, qu'il se joint au remord d'un vice qui leur est étranger, des retours impuissans vers l'honnêteté qu'ils ont perdue. Corrompre, & être corrompu, disoit Tacite, voilà ce qu'on appelle le train du siécle. Il semble, qu'en écrivant cette sentence foudroyante, le Peintre des Nérons & des Tiberes, ait deviné la plaie incurable de nos mœurs, & l'état actuel de notre société. Tous les liens y sont rompus, tous les principes renversés. A force de généraliser la vertu, on parvient à l'anéantir. Sous prétexte d'être Philosophe, on n'est, ni pere, ni époux, ni citoyen. L'adultere n'est

plus qu'un vieux mot de mauvais ton.
Ce qu'il désigne est reçu, accrédité,
affiché même, en cas de besoin. La
probité pleure, la vertu se cache, la
scélératesse leve le front, & il n'y a
plus de frein à attendre pour la corruption, quand une fois la pudeur du
vice a disparu.

A propos, voyez - vous encore
le Marquis * * * ? Défiez - vous des
hommes qui lui ressemblent, ils
m'ont toujours fait horreur. Quand
je les avois sous les yeux, je les ap-
pellois les chenilles du dix - huitieme
siecle. Redoutez de pareilles liaisons;
n'hésitez pas à les rompre. Point de
mollesse, point de ces misérables
bienséances de société, qui mettent
une politique coupable à la place de
cette sévérité courageuse, la sauve-
garde des mœurs, & de la dignité du
citoyen.

Pardon, Chevalier : cet élan d'indignation vient de mon amitié pour

vous. Encore une fois, arrachez-vous, pour quelque tems, à tous les dangers qui vous environnent. J'ai des raisons pour vous en presser. Mon cœur vous desire, l'ombre de mes forêts s'épaissit pour vous recevoir ; la consolation vous y attend. Venez renaître à la nature, à vous-même, & retrouver le bonheur dans les embrassemens de votre ami.

# LETTRE XXX.

## *Du Chevalier au Baron.*

O respectable ami ! j'ai baigné des larmes de la reconnoissance chaque ligne de votre lettre, de cette lettre, où la vertu respire, où votre ame est toute entiere, où vous me donnez les conseils les plus sages, les plus atten-drissants, que ma raison adopte, hélas ! & que mon cœur rejette. Ce cœur est enchaîné ; il s'attache à son lien. Je pleure de ne pouvoir aller vers vous ; je pleure, & je reste... Ma fé-licité, ma vie est aux lieux que Mad. de Senanges habite. Elle vous a écrit. Peut-être avez-vous entrevu que je serois malheureux....... N'importe ; je ne puis la quitter. Sa porte m'a été fermée ; ce n'est que depuis quelques jours qu'elle consent à me recevoir, & je m'éloignerois ! & je ne profiterois

pas des instans de mon bonheur!...
Qu'est-ce donc qu'elle vous a mandé?
Que vous êtes cruel!.... Suis-je haï?
Dites...... Non, gardez-vous de me
l'apprendre; j'en mourrois: laissez-
moi mes chimeres, mon espérance;
elle est mon seul plaisir, ne m'en privez point. Puisque vous l'exigez, je
vous garderai le secret sur la confidence que vous me faites. Eh! pourquoi ne voulez-vous pas?..... Pardonnez à mon trouble, à mon inquiétude; mes idées se croisent, se
combattent, se brouillent: tout est
confus dans mon esprit, à mes yeux!
Ils ne voient bien que Madame de Senanges. Si vous saviez quelles cruelles
conditions elle m'impose! j'y souscri-
rai, je la toucherai par ma soumis-
sion, si je ne puis la désarmer par
l'excès de mon amour. Moi ne pas respecter ses principes! Moi! Fiez-vous-
en à cette femme adorable pour épurer le feu qu'elle inspire, pour élever
jusqu'à

jusqu'à elle le cœur qu'elle embrase,
pour n'y rien laisser que de noble, de
délicat, d'héroïque même. Oui, qu'il
s'ouvre un champ d'honneur; je suis
un héros pour la mériter. Je me croïois
honnête, avant de la connoître, & je
rougis aujourd'hui de ce que j'étois
alors. Il semble qu'elle m'ait fait une
ame exprès pour l'aimer. O pouvoir
sacré du penchant qui m'occupe! O
sentiment d'un cœur exalté! Enthousiasme de l'amour! Tu rends capable
des efforts les plus pénibles, & des
plus grands sacrifices! Ne craignez
rien, Baron; l'époque honorable de
ma vie, est l'instant où j'ai connu
Madame de Senanges. Je me sens digne de lui plaire; &, par ma présomption même, vous pouvez juger de
mon retour à la vertu. Oui, oui; je
romprai avec le Marquis; je ne l'ai
cru qu'étourdi; il est vicieux, j'y renonce. Adieu, Baron. Excusez le désordre de ma lettre! O vous le modele

*I. Partie.*                    K

des amis, ne m'oubliez pas; ne m'abandonnez jamais: je suis hors d'état d'écouter les conseils; mais je crains bien d'avoir besoin de consolations.

# LETTRE XXXI.

*Du Chevalier à Mad. de Senanges.*

Aн! pardon, pardon, Madame,
si je vous écris, malgré votre défense.
C'est un mouvement involontaire ;
c'est le besoin de mon cœur : il m'est
impossible d'y résister. Je viens de
relire votre derniere lettre. Cette lettre qui m'a enivré dans l'instant où je
l'ai reçue, m'afflige aujourd'hui ; j'en
ai recueilli toutes les expressions, ma
mémoire les a fidélement retenues ;
elle ne contient pas un seul mot qui
ne me désespere.

Soyez mon ami, dites-vous ; moi,
votre ami ! moi, Madame ! Avez-vous
bien songé à cet arrêt, quand votre
main l'a tracé ? Mais non, l'ordre vous
est échappé, sans le moindre retour,
de votre part, sur les peines de l'exécution. Je ne vous ai point assez dit à

quel excès je vous aime. Vous êtes l'être
enchanteur que mes desirs ont cherché long-tems, sans pouvoir le trouver. Mon cœur a été distrait, souvent
fatigué, le voilà rempli. Je connois,
comme vous, les avantages de l'amitié; ses chaines sont douces, ses jours
tranquilles; mais que l'amour a de
charmans orages ! L'amitié !... Non,
je ne puis, je ne pourrai jamais m'en
contenter; elle est si froide, si paisible ! Dans certains momens, la vôtre
même ne me satisfait point. Je renonce au traité, je maudis la raison,
j'abjure ma promesse; ensuite, je me
rappelle vos ordres, & j'expie, par
mes remords, la révolte de mes sentimens.

Mais comment vous entendre parler, vous voir sourire, sans éprouver
ce trouble involontaire, ces impressions délicieuses, dont il est impossible de triompher ? Comment se fait-
il que, de jour en jour, je découvre

en vous de nouveaux moyens de
plaire & de séduire ? J'ai détaillé
tous vos traits ; chacun d'eux renferme un charme qui lui est propre, que
je crois connoître, dont j'emporte l'i-
mage en votre absence. Vous revois-
je ? mes yeux sont frappés d'une foule
d'attraits qu'ils n'avoient pas encore
apperçus. C'est dans votre esprit,
c'est sur-tout dans votre ame qu'il
faut chercher le secret de votre phy-
sionomie..... Dieu ! qu'il seroit doux
de l'y trouver !

Cessez, Madame, de me condamner à un sentiment réfléchi, mo-
déré ; ce rayon de la Divinité, cette
flamme immortelle qui me brûle &
m'anime, n'est autre chose que l'a-
mour ; & vous pouvez me l'interdire ! & vous osez le combattre !
Vous redoutez l'abandon de l'objet
auquel vous auriez tout sacrifié ! Ah !
cessez de craindre ; vos charmes
vous répondent du présent, vos ver-

tus de l'avenir. Si j'étois jamais aimé, si je pouvois en obtenir la douce certitude, ce bonheur ne feroit que resserrer mes liens; il ajouteroit l'ivresse de la reconnoissance à l'égarement de l'amour. L'ingratitude la plus coupable est celle d'un amant, qui s'arme de sa félicité même contre l'objet auquel il la doit, & devient plus cruel, à mesure qu'on le rend plus heureux. Les moindres faveurs d'une femme qu'on aime, sont des bienfaits inestimables; & les ames délicates s'enchaînent par les mêmes causes qui détachent celles qui ne le sont pas.

Mais quel tableau vais-je vous faire? Peut-être va-t-il exciter votre courroux? Encore une fois, pardon; j'ai tort de me plaindre, je m'en repens, je m'en accuse. Puisque vous m'avez permis de vous revoir, je suis heureux! Souffrez seulement que je vous écrive, & ne me privez point de vos lettres. C'est dans le développement de votre ame honnête, que je puise le courage nécessaire à la mienne; vos lettres seules me donneront la force de vous obéir. Je me défends toutes les prétentions de l'amour: ah! laissez m'en les soins !

*P. S.* Non, Madame; malgré votre conseil, je ne reverrai point Madame d'Ercy, j'y suis résolu. Ce n'est pas un sacrifice que je vous fais, vous ne voudriez pas l'accepter; c'est un devoir que je m'impose. Si vous saviez quelle lettre elle m'a écrite!.... Mais c'est trop long-tems parler d'elle; je ne veux m'occuper que de vous.... De grace, répondez-moi, deux lignes, deux mots, un seul!... Je tremble de n'être pas écouté.

K iv

# LETTRE XXXII.

*De Mad. de Senanges, au Chevalier.*

Oui, Monsieur, c'est un parti pris.
Je ne veux plus entendre parler de l'a-
mour, ( même du vôtre ) je ne le
voudrai jamais. Je serois bien fâchée
de m'apprivoiser avec lui ; je le crains,
tous les jours davantage ; & cette
crainte, je cherche à l'augmenter.
Aidez-moi dans mon projet : cet effort est digne de vous, & je vous pro-
mets, en récompense, tous les sentimens de l'amitié. Un moment ; ne
criez pas à l'injustice. Je ne suis que
raisonnable, & je vais vous en donner
la preuve. Vous aimez mes lettres,
vous le dites au moins : elles vous sont
nécessaires ; vous y puiserez le courage que j'exige de vous.... Oh ! tant
mieux ; je continuerai de vous écrire ;
mais, songez-y, c'est à condition que

vous serez bien courageux. Plus de lettres, pour peu que votre foiblesse recommence; voilà qui est dit. Il ne faut pas vous enlever tout en un jour; & puis, il n'y a point de mal à causer avec son ami. Je vous prêcherai souvent, je vous ennuirai quelquefois, je n'y vois d'inconvénient que pour vous. Encore un coup, je vous accorde cet article. N'est-ce pas que je suis bien bonne? Trop peut - être; comment se corriger? Y travailler est pénible, le succès, incertain; de-là le découragement, état fâcheux, le plus fâcheux de tous. Je vous tiens parole; voilà déja un petit trait de morale; il n'est gueres amené, celui-là. Combien de choses inexplicables! on n'est pas femme pour rien.

# LETTRE XXXIII.

## *Du Chevalier à Mad. de Senanges.*

Vous ne recevez plus le Marquis! j'étois bien sûre, Madame, que vous ne le souffririez pas long - tems dans votre société ; ils ne sont pas dignes d'y être admis , ces êtres dont la fatuité s'exagere les succès, qui se vantent de tout, ne méritent rien ; & finissent par se faire accroire, ce qu'ils ont tant d'envie de persuader aux autres.

Je suis loin de penser que des conseils timides , & quelques réflexions de ma part, vous aient déterminée au parti que vous venez de prendre. Vous n'avez besoin que de vous-même pour vous décider, & l'on n'a pas plus d'influence sur vos actions que sur vos sentimens. Quoi qu'il en soit , & vous me permettrez d'en convenir , je jouis

de la disgrace du Marquis. Il me dé-
sespéroit, lui, son babil, ses déclara-
tions & ses bonnes fortunes!.... Il
avoit la rage de vous baiser la main :
enfin il en va perdre l'habitude.

Quelle étoit donc cette femme qui
est restée, avant-hier, si long-tems
chez vous ? Elle avoit de l'humeur,
elle déclamoit contre l'amour ; &
vous, Madame, vous l'écoutiez ! J'abhorre les prudes, & celle-là de préférence. Elle disserte sans cesse, elle
analyse tout ; moi je n'analyse rien ;
je serois bien fâché d'analyser le sentiment. Cette femme est de marbre.
Ses calculs sont froids, ils doivent
être faux.

La derniere fois que nous causâmes ensemble, vous m'avez ordonné
d'être moins triste, & je fais ce que je
peux pour vous obéir ; mais puis-je
me commander ?..... Ah ! Madame !
je ne me reconnois plus ; chaque instant de ma vie est troublé ; le bonheur

de vous voir l'est par la crainte qu'il
ne s'évanouisse, & je redoute, en arrivant chez vous, l'instant cruel où il
faudra vous quitter. Quel déchirement
j'éprouve, quand nous nous séparons!
Avec quel trouble je vous revois!....
Avec quelle émotion je pense à vous!
Ma passion m'égare, elle me rend injuste; vous n'arrêtez les yeux sur personne, que le regard le plus rapide
ne me laisse une inquiétude affreuse.
Vous valez mieux que tout, vous me
tenez lieu de tout, vous m'avez fait
tout oublier!...Hélas! je m'en apperçois; je m'étois promis, pour vous
plaire. de ne vous entretenir que de
choses indifférentes.......Je n'ai pu
vous parler que de mon amour.

# LETTRE XXXIV.

*Du Marquis\* \* \*. au Chevalier.*

JE n'entends plus rien ni aux hommes, ni aux femmes. Tu es singulier, au moins, avec les bonnes qualités de ton cœur, & les bizarreris de ta conduite. Je me trouve dans un moment de crise. Poursuivi par une meute aboyante de créanciers, j'ai, pour appaiser le grand feu de ces Messieurs, besoin de trois cens louis; tu me les envoies de la meilleure grace du monde; je te sais gré de l'à-propos, je vais te chercher, & ne te trouve point; tu m'éludes dans les lieux publics, & il semble que tu affectes d'échapper à ma reconnoissance. T'explique qui voudra. J'ai pourtant d'excellentes choses à te dire. Ma vie est un tissu d'événemens qui se font valoir les uns par les autres, & j'ai peine moi-même à en suivre le fil, tant il se mêle de jour en jour.

Premiérement je suis chassé de chez Mad. de Senanges. Cette femme est indéfinissable. Elle te congédie, & me reçoit; elle te rappelle & m'expulse. Il y a là-dedans un jeu croisé, une coquetterie étourdissante, qui me piqueroit, sans le prodigieux usage que j'ai de ces galantes révolutions. S'acharner à une femme, c'est le moyen d'en perdre vingt. Ta Mad. de Senanges étoit pourtant ce qu'il me falloit pour le moment. Je cherchois une maîtresse à principes; j'en avois besoin pour achever ma célébrité; elle ne veut se prêter à rien, ma gloire ne la touche pas; que veux-tu que j'y fasse? J'en suis tout consolé; & tu conviendras que j'ai de quoi l'être. On m'a mené chez Madame d'Ercy, où j'ai déja fait des progrès incroyables. Voilà ce qui s'appelle une femme! Affaires, intrigues amou-

reuses, ruptures, perfidies, elle concilie tout, fait tout aller. Elle culbu-
teroit un royaume en cas de besoin.
Je l'aime avec une tendresse peu commune; & tout ce que je crains en la
prenant, c'est qu'il ne soit difficile de
la quitter.

Elle a je ne sais quoi qui retient,
& je passe fort bien une heure avec
elle, sans trop souhaiter d'être ailleurs. Je ne conçois pas que tu l'aies
abandonnée avec autant de courage
& de sang-froid. C'est un coup de
maître que je t'envie, & je me sens
toute la chaleur de l'émulation.

Elle a vraiment du crédit. Elle promet à tout le monde, ne tient parole
à personne, raisonne politique, Dieu
sait !

Un de ces matins, elle m'avoit
donné rendez-vous chez elle de très-
bonne-heure. J'arrive, on me dit qu'il
n'est pas jour : je parle à ses femmes;
on m'introduit, &, préliminairement,

on me fait passer dans la salle d'*au-
dience*. Je ne pus m'empêcher de rire
en la traversant. Elle étoit pleine de
gens de toute espece. L'un tenoit un
placet, l'autre un Mémoire ; on me
montra le Curé de la Paroisse, & à
côté du Prélat, un Histrion de pro-
vince, qui sollicite un ordre de début
dans les rôles de Crispin. A travers
cette foule béante qui attendoit, avec
une impatience respectueuse, le réveil de la Marquise, je pénétre jusqu'au sanctuaire où elle repose. Je ne
connois point de chambre à coucher
plus voluptueuse, d'alcôve plus séduisante ; les glaces y sont placées
avec toute l'intelligence d'une femme
qui aime à savoir ce qu'elle fait. Tandis que j'admirois le temple, on en
réveille la Déesse. Son premier mot
est pour gronder. Elle souleve ses
longues paupieres, ouvre les yeux,
les referme, les ouvre encore, m'ap-
perçoit, veut me quereller, éclate de
rire

rire & s'appaise. Sa coëffure de nuit étoit un peu dérangée & n'en étoit que mieux ; son teint me parut animé de ce vif incarnat que développent le calme & la fraîcheur du sommeil ; les rubans de son corset flottoient négli-gemment , & laissoient mes regards errer sur toutes les grâces d'un désor-dre médité. Je t'avouerai , que sans ces femmes..... Mais il fallut être dé-cent en dépit de moi, & que sais-je ? peut-être en dépit d'elle.

Après quelques entreprises peu sui-vies de ma part, & quelques minau-deries de la sienne ; on fit entrer le singe & les deux Secrétaires. Chacun se mit à son poste. Le singe sauta sur le lit, y fit cent gambades , cent im-pertinences, & pensa me dévisager , parce qu'il est jaloux. Les Secrétaires se placerent aux deux côtés du lit: elle leur dictoit , tour-à-tour, à l'un , le vaudeville courant & quelques vers libertins faits par un Abbé ; à l'autre ,

*I. Partie.*                           L

des instructions & des notes pour le prochain voyage de la Cour; moi, j'y ajoutois, de tems-en-tems, quelques apostilles. Les Secrétaires rioient sous cappe, le singe grinçoit des dents, les femmes de la Marquise bâilloient, & tout contribuoit à la perfection du tableau.

Enfin Madame d'Ercy se leve. Par des mouvemens étudiés, elle me laisse voir une foule de charmes qu'elle me supplie de ne pas regarder; & voilà mon joli Ministre à sa toilette, en peignoir élégamment rattaché avec des nœuds couleur de rose. On fait entrer alors les pauvres aspirans de l'anti-chambre. Elle dit un mot, jette un coup d'œil, caresse le Crispin, ne prend pas garde au Curé, reçoit étourdiment ce qu'on lui présente, m'ordonne de tirer tous les cordons de ses sonnettes, demande ses chevaux, renvoie son monde, s'habille, me congédie, & part pour V.... où, s'il faut l'en croire, on ne finit rien sans elle.

Cette description, Chevalier, ne
te donne-t-elle pas des remords ef-
froyables ? Madame d'Ercy est unique. Elle m'a déja procuré des rensei-
gnemens merveilleux, & conseillé je
ne sais combien de petites noirceurs,
qui réellement sont d'un très-grand
prix, par le mouvement qu'elles vont
donner à la société ?... Elle possede,
au suprême degré, l'érudition des cer-
cles, manie avec une dextérité rare le
stilet du ridicule, & nous sommes de
force pour bouleverser Paris, à nous
deux, quand la fantaisie nous en
prendra.

Ce qui me déplaît en elle, c'est son
obstination, que rien ne peut vaincre.
Par exemple, elle veut absolument
que j'aie eu Madame de Senanges. J'ai
beau l'assurer que cela n'est pas, que
j'en serois sûrement instruit ; elle prétend que cela est, que cela doit être,
que le contraire est fabuleux, & qu'il

faut en tout , observer les vraisem-
blances: elle me met dans une fureur!
Si j'avois été bien avec Mad. de Senanges, tu sens à merveille, que je ne serois pas assez enfant pour le taire ; je
n'aurois pas manqué sur-tout de t'en
faire part ; ce sont de ces procédés
qu'on se doit entre amis ; mais d'honneur, j'ai échoué, & je l'avoue avec
une sorte de confusion. A Dieu ne
plaise, que je calomnie jamais ce sexe
infortuné , qui n'a de vengeance que
ses pleurs, & auquel sa foiblesse physique & morale ne laisse pour toute
arme , que la probité des attaquants,
ou la sensibilité des vainqueurs !

Au reste, tous ces bruits n'auront
qu'un tems, & Mad. de Senanges ne
sera point perdue pour m'avoir sur
son compte. Tout ce que j'y vois de
fâcheux pour elle, c'est qu'elle en aura
l'étalage, sans en tirer le profit: aussi
tu conviendras qu'elle s'est mal conduite. On lui suppose une tête vive,

c'est le grelot qui attire ; on croit que la folie n'est pas loin , on court, on arrive , & l'on est pris pour dupe.

Adieu, Chevalier : quand te verrai-je ? Ne sois point inquiet de ton argent : tu es un ami bien essentiel , & je n'ai garde de l'oublier. Ce souvenir me sera utile dans plus d'une occasion.

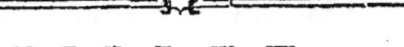

# BILLET

## *Du Chevalier au Marquis.*

Vous connoissez l'opinion que j'ai de Madame de Senanges. On doit du respect à une femme comme elle , & je regarderois comme des offenses personnelles tous les propos légers que vous tiendriez sur son compte. Je vous supplie d'y faire attention, un peu plus sérieusement qu'à la dette dont vous me parlez, & que j'oublie.

# LETTRE XXXV.

### De Mad. de Senanges, au Chevalier.

JE ne vous écris, Monsieur, que pour vous faire part du retour du Maréchal de \*\*\* ; allez le voir, il est prévenu. C'est un homme qui vous servira, sans mettre d'importance à ses services ; il a beaucoup de franchise, une grandeur vraie, & une ame un peu paladine, dans un siecle où il y a si peu de Chevalerie ! Puisque vous demandez, ne négligez donc pas les démarches pour obtenir : il est indispensable que je me mette à la tête de tout cela, & que j'agisse, à votre défaut ; le voulez-vous bien ? Oh ! oui, vous consentirez que je partage avec Mad. d'Ercy le bonheur de vous être utile. J'ai des amis solides ; ils sont peu courtisans, mais fort estimés à la Cour ; ils promettent rarement, mais

tiennent toujours ce qu'ils promettent. Que je serois heureuse s'ils pouvoient réussir ! Il est juste que l'amitié
ait ses jouissances comme l'amour.

Vous avez raison , je n'ai consulté
que moi, en congédiant le Marquis ;
vos réflexions n'ont pu que précipiter
l'effet des miennes. Le ciel me préserve de me conduire jamais par un
mouvement étranger ! A votre âge ,
on peut donner un bon conseil ; mais ,
pour une femme, il n'est presque jamais bon de le suivre. Vous m'aviez
conseillée pour vous peut-être ; je n'ai
dû agir que pour moi... Eh ! Pouvois-
je recevoir long - tems le Marquis,
après ce que j'en sais & ce que j'en ai
vu ? Ah ! Monsieur , profitez de son
exemple, gardez-vous bien de lui res-
sembler. Séduire, feindre, tromper,
mentir sans cesse, & mentir, à qui ?
au cœur qui nous est ouvert, jouir
des larmes qu'on fait répandre, s'ho-
norer de ses perfidies , les compter

L iv

pour des triomphes, associer des êtres dignes d'un meilleur sort aux créatures les plus méprisables ; quels affreux plaisirs ! Et voilà les hommes à qui la plûpart des femmes confient leur bonheur, leur réputation ! Quels hommes ! quelles femmes ! quel monde ! Il faut le fuir, ou du moins le juger.

Eh ! mon Dieu ! quelle belle colère me transporte ! Mais enfin, je n'en suis pas moins sensible à tout ce que vous m'écrivez ; vous ne pensez point comme les monstres dont je parlois tout-à-l'heure, j'en suis sûre, & voilà pourquoi je n'ai pas craint de vous mettre de moitié dans mon indignation contr'eux. Vous n'avez qu'un défaut ; c'est de croire que l'amitié ne vaut pas l'amour ; tâchez donc de vous en corriger.

## LETTRE XXXVI.

*De Mad. de Senanges au Chevalier.*

En rentrant, Monsieur, j'ai trouvé votre nom sur ma liste, & j'ai été sincérement fâchée de ne m'être pas trouvée chez moi pour vous recevoir. A quelle heure êtes-vous donc venu? J'ai sorti le plus tard que j'ai pu, & je ne sais pourquoi je suis mécontente de ma soirée; je l'ai passée à m'ennuyer, à faire les plus tristes visites, hélas! à voir des gens tout aussi fiers d'avoir des échasses, qu'un mérite à eux; & puis des ames foibles à qui cet extérieur en impose; & puis, de petites ames, pour lesquelles c'est tout, & à la vertu rien; la morgue fait pitié, la bassesse indigne.

J'ai été souper dans une maison de deüil; je croyois trouver des gens tristes... Je n'en cherchois point d'au-

tres. Ah ! quels cœurs il y a dans le
monde ! Une femme qui vient de perdre sa mere, une mere regrettable, &
qui me disoit à l'oreille ; je n'ai jamais tant souhaité d'aller au bal, que
depuis que cela m'est impossible. Ah!
Madame, lui ai-je répondu, dites-le
bien bas.

Cette femme cependant est liée avec
des prudes, jouit d'une bonne réputation, annonce l'exactitude à ses devoirs. Qu'on juge encore sur les apparences ! J'aimerois mieux qu'elle eût
une tête bien folle : je pardonne plutôt des fautes continues de légéreté,
qu'un instant de mauvais naturel.

Ne parlez point de cela, je ne le dirai qu'à vous ; je serois bien fâchée de
donner d'elle une idée désavantageu-
se : il est possible aussi qu'elle ne soit
qu'inconsidérée dans ses propos. J'aime à croire tout ce qui justifie, & je
me sens plus que jamais portée à l'indulgence.

# LETTRE XXXVII.

*De la Marquise d'Ercy , au Marquis de ***.*

CONVENEZ donc, que vous êtes un homme bien odieux. Je vais souper à la délicieuse maison de campagne de Madame ***, dans l'espérance de vous y rencontrer ; & l'on n'entend pas parler de vous ! C'est le séjour le plus riant, mais la société la plus morne ! J'aurai des vapeurs pour quinze jours, & vous en serez cause.

Au reste, voici l'histoire de mon voyage. Vous savez, ou vous ne savez pas, que, pour arriver là, il faut passer un bacq ; imaginez-vous, que mes chevaux, par un caprice qui n'a pas laissé que de m'étourdir , vouloient absolument me mener , tout droit , dans la riviere ; ils étoient vraiment mal-intentionnés ce jour-là, &, com-

me je ne nâge pas bien , j'ai mieux
aimé descendre de voiture, pour ne
les pas gêner. Un Charretier bien ivre,
scandalisé de leur fantaisie, s'est mis
à les fouetter , de toute sa force, par
bon procédé pour moi; un de mes
gens a attrapé un coup de fouet : il a
battu le Charretier qui a juré de son
mieux , & ce mieux-là, je ne le connoissois pas encore. Nous voilà donc
dans le bacq , avec beaucoup d'humeur les uns contre les autres. Mes
compagnons de voyage étoient des
paysans qui rioient de bon cœur, &
puis , un gros bon - homme , coëffé
d'une perruque rousse , vêtu d'une re-
dingote grise , & monté sur un cheval
étique : le malheureux ( c'est l'homme
dont je parle ) est sourd , au point
qu'un de ses amis qui causoit avec
lui , ne pouvoit s'en faire entendre,
quoiqu'on l'entendît de l'autre côté de
la riviere. J'oubliois un Monsieur en
habit verd, en parasol verd, dans un

cabriolet verd-pomme, qui regardoit couler l'eau, d'un air tout-à-fait attentif. Cet homme est un sage, ou un amant malheureux, ou un sot, pour le plus sûr. Il n'a pas levé les yeux une seule fois. Le plus beau ciel, de jolies femmes, tout cela lui est égal; il n'en voit rien. J'arrive enfin; je trouve six femmes faisant un cavagnol. Ces six femmes sont des siecles: la plus jeune à quarante ans, & elle se seroit fort bien passé de mon arrivée. Les autres la traitoient comme un enfant, & il est doux d'être grondée à pareil prix. Etes-vous assez content de moi? J'entre dans des détails, je m'occupe de vous, voilà qui est tendre à faire peur! J'aurois presqu'envie de vous fuir, pour m'épargner la peine de vous aimer. D'honneur, vous devenez inquiétant pour mon repos: vous avez des desirs qui ne tiennent point à votre cœur, un cœur qui ne tient à rien; ce *décousu-*

là me séduit, me donne à réver, &
finira par me perdre. Et Madame de
Senanges, qu'en faites-vous ? Sérieusement, votre aventure avec cette
femme vous fait un tort cruel. Vous
avez avez eu le très-petit malheur d'é-
chouer ; mais, au moins, falloit-il
avoir la présence d'esprit de soutenir
le contraire ? Vous n'en avez rien fait ;
voilà qui est criant ! Connoissez-vous
une femme d'un certain genre, qui
voulût se laisser donner un homme,
à qui Madame de Senanges a fait
éprouver un dégoût aussi marqué ?
Savez-vous bien que je la hais infiniment ? Elle a osé être ma rivale ; je ne
serai pas fâchée de la tourmenter un
peu, le tout pourtant sans trop d'humeur. Je veux bien que ma haine
puisse lui nuire ; mais je ne prétends
pas qu'elle m'attriste. Bon soir.

## LETTRE XXXVIII.

### Du Marquis à Madame d'Ercy.

J'AI été désolé, Madame la Marquise, de ne pouvoir vous accompagner au château de * * *. J'aime les vieilles femmes, sur-tout quand elles jouent. Leurs yeux éteints pour l'amour, se rallument pour la cupidité. Comme elles n'ont plus que ce plaisir-là, elles s'y accrochent avec une sorte de fureur très - aimable. Ne pouvant plus être tendres, elles deviennent méchantes ; &, quand je le peux, ma grande volupté est de les agacer, de les aigrir les unes contre les autres, & de leur procurer, au moins, les sensations dont leur âge est susceptible. J'ai frémi du danger que vous avez couru dans votre voyage, mais bien ri, de la description que vous en faites. Ce Monsieur, qui regardoit la riviere,

est sans doute un amant au désespoir ;
il cherchoit à se familiariser avec sa
derniere ressource.

J'ai relu vingt fois, Madame, l'article important de votre lettre, & j'a-
voue ingénument, que je suis embarrassé pour y répondre. J'en conviens,
il étoit nécessaire, pour ma réputation, qu'on pût citer Madame de Senanges au nombre des femmes qui
ont eu des bontés pour moi. Le public m'attendoit là : je sais qu'il ne
pardonne rien ; mais il me jugeroit
avec plus d'indulgence, s'il savoit
que je n'ai jamais eu d'autre idée, en
allant chez elle, & qu'elle ne m'a pas
même donné le tems d'ébranler ses
principes. C'est une femme extraordi-
naire que Madame de Senanges ! On
ne sait par où la prendre, à moins
que ce ne soit par un sentiment vrai,
& c'est à vous seule qu'il étoit réservé
de m'en inspirer un de cette nature.

Eh ! quoi, Madame, mon revers
auprès

auprès d'elle , pourroit faire quelqu'impression sur vous! Je ne deman-
derois pas mieux que d'avoir Madame
de Senanges , pour vous en offrir le
sacrifice. Mais comment reparoître
chez elle ? Oublions-la , ne songeons
qu'au sentiment qui nous emporte l'un
vers l'autre ; que tout s'anéantisse à
nos yeux ; & ne soyons que deux dans
l'univers! Cédez à l'amour, Madame,
ne fût-ce que par coquetterie ; car je
crois qu'il vous sieroit à merveille. Je
tombe à vos pieds , j'y plaide sa cause.
C'est la vôtre, c'est la mienne: j'ex-
pire , si vous ne m'écoutez pas. Je
suis avec respect, &c.

*I. Partie.*                    M

# LETTRE XXXIX.

*De Mad. de Senanges à Mad.* * * *,
*son amie.*

CHERE amie, vous la dépositaire
fidéle de mes sentimens, & la consolation de mes peines; vous, dans le
sein de laquelle j'ai tant de fois caché
les larmes que m'arrache encore quelquefois une union respectable, mais
détestée; vous enfin qui lisez dans
mon cœur ( peut-être mieux que moi )
concevez - vous l'embarras, la contrainte même que j'eus hier avec vous?
Nous causâmes trois heures ensemble; tout ce que la confiance a d'af-
fectueux, étoit dans vos discours;
j'avois de la tristesse, vous m'en de-
mandiez la cause; je voulois parler,
& je ne sais quoi m'en empêchoit:
j'ai pu craindre de vous ouvrir mon
ame! Seroit - elle moins pure? Ah!

n'allez pas le penser. Qu'est-ce donc qui pese sur mon cœur ? Il redoute un épanchement qui le soulageroit, & des conseils dont il a besoin... Non, je ne redoute rien ; je vole au devant des secours & des lumieres de l'amitié. Mon amie, votre morale est douce, mais vos principes sont séveres ; si vous n'étiez qu'indulgente, je vous aimerois autant, & ne vous consulterois pas. Je ne sais pourquoi je vous craignois hier : j'aurai plus d'assurance, en vous écrivant ; & vous-même vous pourrez me répondre avec plus de liberté. Deux amies qui se parlent, ont bien de la peine à se juger.

Vous étiez chez moi, quand le Duc de * * * me présenta le Chevalier de Versenai. Vous lui trouvâtes de l'agrément, de l'esprit, le meilleur ton, sur-tout un air de sensibilité préférable à tout le reste. Après cette premiere visite, il continua de me rendre des soins , & j'eus lieu de croire, en le recevant plus souvent, que le premier coup-d'œil ne nous avoit pas trompées. Je me livrois avec plaisir, & sans la moindre défiance, à l'intérêt tout simple que j'éprouvois en sa faveur. Ses attentions ( & il est impossible d'en avoir de plus délicates ) me flattoient sans m'inquiéter ; j'aimois à le voir ; mais je m'appercevois peu de son absence ; enfin il m'avoit amenée à une amitié vraie, quand j'appris le genre de ses sentimens pour moi. Moins je pus douter de leur sincérité, plus ils m'affligerent ; la douleur de perdre un ami m'aveugla sur le danger d'écouter un amant. Ses lettres étoient si tendres, si respectueuses, que je me crus obligée de lui répondre ; j'y trouvois même une sorte de plaisir, & j'étois loin de me croire coupable , en plaignant un homme honnête que je rendois malheureux. Cette illusion fut courte ; vos avis,

ceux du Baron, des retours sur moi-
même, tout vint m'effrayer à la fois ;
& je pris, quoiqu'à regret, le parti de
ne plus voir le Chevalier. Ma porte
lui a été fermée pendant assez long-
tems ; il n'a point cessé, durant cet
intervalle, de m'écrire des lettres qui
n'étoient que trop faites pour m'at-
tendrir. Il a choisi, pour rompre avec
Mad. d'Ercy, le moment où je le trai-
tois le plus mal, & ce procédé, je l'a-
voue, a fait sur moi une impression,
dont il m'a été impossible de me défendre ; enfin, me reprochant de le
désespérer, persécuté d'ailleurs par
ses instances, je me suis examinée.
Mes réflexions ne m'ont point allarmée, & je me suis crue assez forte
pour le revoir. Je vous ai dit que je
ne l'aimois pas, je l'ai écrit au Baron ;
je me le suis persuadé. Vous aurois-je
trompé tous deux ? Me serois-je trompée moi-même ? Hélas ! depuis que le
Chevalier revient ici, je ne retrouve

M iij

pas tout-à-fait le repos sur lequel j'a-
vois compté. Je suis inquiéte, incertaine, rêveuse; ma conduite m'étonne
plus qu'elle ne me tranquillise. Je
blâme son amour, & je souffre qu'il
m'en parle; il m'écrit, je lui réponds,
je projette de le fuir, & il m'en coûte
de passer un jour sans le voir. Mon
amie, mon unique amie, l'aimerois-
je? Voilà ce qu'il m'importe de dé-
mêler; voilà ce qu'il faut me dire, &
ce que je tremble d'apprendre.

# LETTRE XL.

### De Madame ***, à Madame de Senanges, son amie.

Vous voulez que je vous éclaire, sur la situation actuelle de votre ame ; écoutez, & ne vous fâchez pas. Avec tous les symptômes que vous me donnez, l'éclaircissement ne me paroît point difficile. Ma charmante amie, c'est de l'amour que vous avez ; consolez-vous..... un malheur n'est pas un crime ? Je vous assure que, si mon mari ne me rendoit pas la plus heureuse des femmes, si je ne trouvois pas, dans le lien sacré qui m'attache à lui, toute la douceur, toute la vivacité d'une union indépendante, je sentirois peut-être, comme une autre, le besoin d'aimer. La sévérité de mes principes vient de mon bonheur même, & je dois à quelques réflexions

M iv

sur les foiblesses du cœur, l'indulgence de ma morale.

Oui, vous aimez, je vous le répete;
mais je ne vous l'apprends pas. Vous
avez trompé le Baron, le Chevalier,
moi, & vous ne vous êtes pas trompée vous-même. Je m'explique. Votre imagination vous étourdissoit sur
les avertissemens de votre cœur, sur
cet instinct secret & confus qui va
toujours son train, à l'insu même de
la raison, accoutumée à prendre ses
combats pour des victoires, & pour
des triomphes durables, ses résolutions du moment.

Vous voilà sensible; il est question
maintenant d'être prudente. Vous
conseiller d'étouffer votre amour, ce
seroit y donner un degré de plus; &
ce n'est pas mon intention. Aimez,
puisque tel est votre destin; aimez,
ma chere amie; mais, si vous le
pouvez, renfermez votre sentiment;
jouissez-en pour vous, & ne l'érigez

pas en trophée pour celui qui l'a fait naître. Tout ce qu'à la rigueur, on auroit droit de demander à notre sexe, c'est de ne pas succomber ; moi j'exige davantage. Si tous les amans étoient vraiment ce qu'ils paroissent, je vous dirois : laissez-vous deviner, & peut-être vous serez heureuse. Mais ces méchans hommes, si ardens quand ils veulent nous plaire, deviennent si froids, dit - on, quand ils sont sûrs d'y avoir réussi, qu'il faut les aimer, s'il est possible, sans qu'ils en sachent rien. Je parle pour eux, puisque c'est un moyen de les rendre toujours aimables ; j'imagine pourtant que, si ce secret venoit à prendre, ils seroient bien embarrassés.

N'allez pas croire, d'après un avis dicté par l'amitié, que j'aie mauvaise opinion du Chevalier ; au contraire, il me paroît très aimable. Son caractere est noble, ouvert ; je le crois sus-

ceptible d'un attachement. Chez lui ,
les écarts de la jeunesse ont été courts,
& son retour m'a l'air d'être bien vrai ;
mais , mon amie , je vais au plus sûr.
Une femme honnête n'avoue point
qu'elle aime , sans perdre quelque
chose à ses yeux, peut-être même aux
yeux de l'homme, dont les pleurs ont
arraché l'aveu. Elle satisfait son cœur
& compromet sa dignité : c'est un
mauvais compte. Etre estimée , s'estimer soi-même , voilà le premier
bonheur. C'est celui que vous connoissez , que vous connoîtrez toujours. Ne vous désespérez pas ; le sentiment est l'appanage de notre sexe ,
& n'en est point la honte ; mais que
vous le surmontiez , ou qu'il vous entraîne , vous me trouverez toujours
prête , à vous applaudir de vos efforts ,
ou vous plaindre de vos foiblesses.

# LETTRE XLI.

*De Mad. de Senanges, au Chevalier.*

J'APPROUVE, Monsieur, votre intimité avec Mad. d'Ercy, & le besoin que vous avez de lui dire des secrets au spectacle ; cela est tout simple, mais il l'est peut-être moins de m'avoir assuré que vous n'alliez plus chez elle, quand j'ai des preuves du contraire ; quand vous me paroissez plus que jamais attachés l'un à l'autre, & que rien ne vous obligeoit à me le taire. Je n'ai point prétendu vous arracher au bonheur de la voir ; je vous y engageois au contraire ; j'étois bien aveugle ! quoi ! je vous donnois des conseils ! je me croyois du pouvoir sur vous ! c'est le premier de mes torts ; il est irréparable. Combien vous avez été embarrassé de mon apparition ! vous ne m'attendiez gueres !

vous ne me souhaitiez pas. Madame
d'Ercy avoit l'air triomphant, sa
gaîté l'embellissoit à vos yeux; ma
vue sembloit l'augmenter; je lui prê-
tois de nouveaux charmes; & vous
avez pu ne pas rester avec elle! Vous
vous en êtes allé sans venir dans ma
loge; vous osiez à peine me regarder:
ah! je le crois. On doit rougir devant
l'objet qu'on trompe: le moment qui
l'éclaire est la fin de son estime, &
l'on regrette même le bien qu'on avoit
usurpé. Il me faut donc renoncer à
l'opinion que j'avois de vous, il le
faut: je ne croirai plus à personne.
Avec tant d'apparences de candeur,
on peut donc n'être pas un ami vrai!..
Vivez heureux avec Madame d'Ercy,
& cessez de feindre ce que vous ne
sentîtes jamais..... Mais dites-moi,
quels motifs cruels vous portoient à
me tromper? Quel prix de ma confiance! Que vous avois-je fait, pour
chercher à m'inspirer un sentiment

qui n'étoit point dans votre cœur, &
qui, peut-être. . . . . J'eusse été la plus
malheureuse des femmes ; voilà le sort
que vous me prépariez ! Combien je
m'applaudis, d'avoir eu aujourd'hui
l'idée d'aller au spectacle ! Je suis dé-
sabusée, il est toujours tems de l'être ;
pourquoi ne serois - je pas contente ?
Je n'ai perdu qu'une erreur.

## LETTRE XLII.

*Du Chevalier à Mad. de Senanges.*

C E S S E Z de feindre ce que vous ne *sentîtes jamais* ; est - ce bien vous, Madame, est - ce vous qui les avez écrits ces mots affreux ? Sous quels traits vous me peignez ! Voilà donc tous les progrès que j'avois faits dans votre estime ! Moi ! j'ai conservé quelqu'intimité avec Mad. d'Ercy ! vous en avez des preuves ! Oserois-je vous les demander ? Vous avez des preuves que je la trompe pour vous, que je vous trompe pour elle ; c'est-à-dire, que je suis faux & vil avec vous deux. O ciel ! & vous le pensez, & vous n'hésitez point à me le dire ! J'ai tout perdu. Une conversation au spectacle, une entrevue importune, voilà sur quoi vous appuyez des soupçons qui m'arrachent le bonheur de ma vie.

Voulez-vous bien que je vous raconte l'histoire d'hier, comme elle s'est passée ? Daignerez - vous m'entendre ? Hélas! daignerez-vous me croire ?

La toile étoit levée : je passois dans le corridor , pour aller prendre ma place : je m'entends appeller, j'accours, & j'apperçois Mad. d'Ercy, dont je n'avois pas même reconnu la voix. J'eus beau lui dire que je voulois voir la premiere scène, elle me fit entrer dans sa loge, affecta de me parler , de me dire cent riens qui me tuoient, & qu'elle recommençoit toujours. Sans doute elle pressentoit votre arrivée ; vous avez paru, mon embarras a redoublé, aussi-bien que sa joie cruelle. Vingt fois je me suis levé pour sortir ; vingt fois elle m'a retenu par des instances ironiques , un persiflage inhumain , & mille questions désespérantes , auxquelles il m'étoit impossible de répondre. Que je détestois ses ris immodérés ! que je la

détestois elle même , & que je m'en
voulois , sur-tout , d'être tombé dans
une pareille embûche ! Je craignois de
rencontrer vos regards , je redoutois
la jalouse pénétration des siens ; j'é-
tois au supplice , elle en jouissoit ; &
vous , Madame , vous ne vous en dou-
tiez pas. Enfin , j'ai trouvé l'instant
d'échapper à ma furie ; mais je n'ai
pas eu la force de rester au spectacle.
Comment aurois-je osé monter à votre loge ! Je n'étois que malheureux ,
& je me croyois coupable. Quand on
aime comme moi , on se reproche
jusqu'aux hazards qui peuvent déplaire à celle qu'on aime ; on s'accuse
de tout , on se punit même des apparences ; mais , hélas ! le motif de mes
actions vous échappe ; vous les voyez
d'un œil sévere , vous les jugez de
même. Ah ! si votre cœur avoit quelque part à votre lettre , combien me
deviendroit précieux tout ce qu'elle
renferme ! Combien je chérirois votre
courroux,

courroux, vos allarmes! Je bénirois
jusqu'à mes tourmens, je retrouverois
tout dans leur cause, & serois consolé par ce sentiment intérieur qui
mêle un charme secret aux pleurs
qu'il fait couler. Que ce songe est
doux! mais que le réveil est horrible!
Eh! quoi! Madame, vous me défendez jusqu'à votre présence! vous ne
voulez pas même être témoin de mon
infortune. Au moins, rendez-moi votre estime; je meurs si je ne l'obtiens.
J'attends votre réponse; je la crains;
je la desire: tout se combat en moi.
Vous pouvez m'accabler; mais je
vous défie d'enlever jamais rien à mon
amour; il me restera, en dépit de
vous, & il sera mon tourment, s'il
n'est pas ma consolation.

I. Partie.                          N

# LETTRE XLIII.

### *De Mad. de Senanges au Chevalier.*

Je ne croirai plus rien, je ne serai plus injuste. Pardon! je vous ai soupçonnée, je suis bien coupable; mais vous avez souffert, & je suis trop punie. Qu'allez-vous penser de ma lettre? Que je m'en veux de l'avoir écrite! Je commence à détester même l'amitié... Elle est inquiéte, défiante; elle a des défauts que je ne lui connoissois pas. Pour être heureux, il faudroit fuir tout sentiment.

# LETTRE XLIV.

### De Madame d'Ercy, au Chevalier de Versenai.

NE suis-je pas bien haïssable ? Je vous ai joué un tour sanglant, n'est-il pas vrai ? J'en ai ri de bon cœur. Vous appeller, vous retenir dans ma loge, vous accabler de mon babil indiscret, tandis que la jalousie concentrée de Madame de Senanges figuroit vis-à-vis de nous ! Voilà de ces choses inouies, qu'on ne pardonne pas, contre lesquelles on devroit sévir, comme attentoires à la liberté des citoyens. Quoi ! vous n'êtes pas plus avancé que cela dans l'usage du monde & des femmes ! Ce pauvre Chevalier, il étoit d'un embarras, d'une gaucherie ! Vous n'osiez ni regarder, ni parler, ni répondre ; souriois-je, vous frémissiez. Mad. de Senanges, qui ne

sourioit point , vous avoit pétrifié
d'un coup-d'œil. Je vous sais gré de
cette candeur tout-à-fait enfantine ;
mais convenez donc que vous étiez
parfaitement ridicule. Quoi ! vous ne
savez pas encore vous tirer de ces in-
cidents-là ! Deux femmes qui se croisent vous déconcertent , vous anéan-
tissent ! Vous ne savez pas payer
d'effronterie ; vous succombez à la situation , & vous donnez gain de cause
à toutes deux ! Je vous croyois mieux
stilé. Quand on a l'esprit de faire une
infidélité, il faut avoir le courage de
la soutenir. Dans tout ceci , j'ai trouvé
le moyen de vous faire jouer le petit
rôle. Vous êtes le volage , je suis l'infortunée ; & c'est moi qui triomphe.
Il ne faut pourtant pas vous désespérer ; je suis bonne , moi , & je veux
bien vous aviser de votre bonheur ;
car, sûrement, à la maniere dont vous
saisissez les choses, vous êtes encore
à vous en appercevoir.

Madame de Senanges, dit-on, vous
martyrise par ses lenteurs, son extrême réserve, & sa pudeur, presqu'égale à la vôtre. Eh bien ! cette
petite avanture lui épargnera les transes d'un aveu, & à vous, la peine de
le solliciter; elle vous aime à la rage;
c'est moi, Chevalier, qui vous l'apprends; vous pouvez vous conduire
en conséquence, & vous rendre aussi
coupable qu'il est en vous de l'être;
je vous réponds de l'impunité. Vous
ne voyez donc rien, depuis que vous
aimez cette femme-là ? Vous n'avez
donc point vu son dépit à travers sa
feinte tranquillité, & malgré son affectation à ne pas tourner ses regards
vers ma loge, je ne suis point la dupe
de son petit dédain simulé. Quelle
mine elle faisoit aux Acteurs, comme
s'ils eussent été complices de ce qui
lui arrivoit! Je crois même qu'elle a
tiré son flacon!... Oh! pour le coup,
si vous tenez à un pareil indice, il

N iij

vous plaît d'ignorer à quel point vous êtes heureux. Eh bien, Chevalier, me boudez-vous encore? C'est moi qui vous procure une lumiere, que vous auriez peut-être repoussée, par délicatesse. C'est moi qui vous confie que vous êtes adoré ! C'est-à-dire, que, toutes les fois que vous aimerez une femme, pour savoir ce qu'elle en pense, vous aurez besoin d'être instruit par une autre. Donnez-moi la préférence, je vous prie ; vous me la devez, à tous égards. Vous pourrez juger par ma lettre, que je ne suis pas courroucée contre vous. Quant à Madame de Senanges, c'est autre chose ; vous me permettrez de la haïr, & de le lui prouver, dans l'occasion. Il faudra peut-être aussi que je vous dise pourquoi ; mais je me tairai sur cet article, si vous le voulez bien ; c'est le seul que j'abandonne au talent rare que vous avez pour deviner.

✳

## LETTRE XLV.

*Du Chevalier à Mad. de Senanges.*

HIER, dans l'ivresse de ma joie, transporté du billet que je venois de recevoir, je vole chez vous ; vous étiez à votre toilette ; vos cheveux échappés au ruban qui les retient, flottoient en boucles, & tomboient jusqu'à terre. Enhardi par un sourire que vous m'accordiez, pour dissiper entiérement l'impression de mes peines, je vous renouvelle en tremblant, la priere que je vous fis envain, il y a quelques mois. Vous gardez le silence ; j'insiste ; vous hésitez ; je deviens plus pressant, & vous me dites avec un son de voix enchanteur : *je verrai, Chevalier !*...Ah ! Madame ! vous m'avez oublié. J'ai tant souffert ! Songez, de grace à tout le chagrin que vous m'avez donné. Je sens bien

N iv

vivement le prix de ce que je demande ; & c'est peut - être un titre
pour l'obtenir. Hélas ! souvenez-vous
de ces mots : *je verrai*, *Chevalier !*
moi, je ne les oublierai de ma vie,
pas même après le don. Seriez - vous
assez cruelle pour me refuser ? Oh !
non ; je crois vous voir sourire encore, & vous acquitter enfin de ce que
vos yeux m'ont presque promis.

# LETTRE XLVI.

*De Mad. de Senanges au Chevalier.*

Non, je ne souris point à votre demande, je n'en ai nulle envie: je l'ai de refuser, d'être plus raisonnable que vous. Quoi! parce que Monsieur a eu un chagrin d'un moment, vîte il lui faut une consolation ; & de quel genre encore? Voilà donc comme vous êtes, vous autres? Vous profitez de vos peines pour augmenter vos droits. Quand je vous dis que les hommes demandent toujours ! D'abord ce n'est que la permission d'aimer, puis un sentiment, puis un aveu, & il ne seroit pas fait, que peut-être on recommenceroit à se plaindre. Ah! celle qui a l'imprudence d'écouter, de disputer, de compter sur elle même, s'expose à bien des dangers? Je son-

gerai pourtant à ce que........ Non
je vous trompe , je n'ai rien promis ; ne comptez sur rien , je vous
le défends. Adieu.

# LETTRE XLVII.

*Du Chevalier, à Mad. de Senanges.*

QUE seroit-ce donc, qu'un présent de l'amour, si les dons de l'amitié jettent l'ame dans l'ivresse qui me transporte !

Je la possede enfin cette tresse, si ardemment désirée ; c'est une conquête que j'ai faite sur votre raison ; & jamais vainqueur n'a été plus fier de son trophée, que je ne le suis du mien. Que dis-je ? ce n'est point de l'orgueil, c'est un sentiment plus doux. Malgré toute ma fierté, je suis encore aussi loin de concevoir de l'espérance, que vous êtes loin de m'en donner.....
N'importe....... ma délicatesse me fournit des moyens de bonheur, & mon cœur est content, si le vôtre les devine.... Que faut-il à l'amant vrai ?
Tout, sans doute, oui, tout ; mais

que de riens consolent & charment pour lui les rigueurs de l'attente! Que ces riens sont importants! Qu'il est infortuné, l'ingrat qui n'en connoît pas le prix; Est-il une faveur légere? en est-il une seule qui ne soit tout aux yeux d'un amant.... digne de sentir l'amour? Je les ai baisés mille fois, ces beaux cheveux, dont l'amitié m'a fait le sacrifice! Je me les représente flottans encore sur mille charmes, interdits même aux regards les plus respectueux.... Le cœur me bat; un feu soudain court dans mes veines; je languis; je brûle.... O délices de l'amour! ravissements au dessus de l'expression humaine!

Croyez-moi, Madame, ce sentiment que vous craignez, est le charme de la vie; il diminue les peines, il double les plaisirs, il rend la vertu plus aimable; c'est le besoin des belles ames; c'est la source de l'héroïsme; c'est l'attrait de toute la nature. Pourquoi voulez-vous donc contrarier son vœu le plus doux, & le moins fait pour être combattu? Est-ce bien moi qui ose me plaindre !.. aujourd'hui ! dans ce moment... Souveraine absolue de toutes mes affections, quelques pénibles que soient vos loix, soyez sûre d'être obéie. J'ai, dans mon cœur, de quoi jouir, malgré vous, & en me défendant d'être heureux, vous ne pouvez m'empêcher de l'être. A ce soir. Comme les heures où je vous vois sont rapides ! comme elles se traînent dans votre absence !

# BILLET

*De Mad. de Senanges au Chevalier.*

On m'attend; il faut que je parte, & cependant j'écris! ce don de l'amitié vous rend heureux, dites-vous, & pourtant ne vous suffit pas; vous voudriez le tenir d'un sentiment que je crains. Vous voudriez...... que ne voudriez-vous point? Et moi, moi dont la sévérité se permet trop de choses ( je dis la sévérité, pour dire comme vous) moi qui vous parois si cruelle, je suis bien mécontente de moi, je le suis... je dois l'être. Mais vous, Monsieur; mais vous, comment se peut-il qu'aujourd'hui, vous ayez pu un seul instant vous plaindre? Vous êtes injuste! & dans quelle occasion vous l'êtes! La reconnoissance n'est pas votre vertu.

# LETTRE XLVIII.

*Du Chevalier, à Mad. de Senanges.*

\*IL vous vient, Madame une idée assez peu favorable au genre de mes sentimens pour vous; vous m'en faites part, elle m'afflige; je le témoigne, parce que je ne sais rien feindre; &, au lieu de me plaindre d'un chagrin, vous m'accusez d'une bouderie qui seroit un véritable tort. Oh! vous aurez beau faire; de ceux-là, je n'en aurai jamais. A vous entendre, je vous ai su mauvais gré d'une franchise de caractere...... que j'avois déja devinée; car il n'y a pas une seule bonne qualité, dont je ne vous soupçonne,

---

\* On doit supposer quelques lettres entre celle-ci & la précédente. Ces sortes de lacunes se trouveront quelquefois dans la correspondance de la Vicomtesse & du Chevalier. Les amans détaillent trop, pour que le public veuille bien être le confident de tout ce qu'ils ont à s'écrire.

& ce que je découvre est toujours au dessus de ce que j'imagine.

Vous avez donc juré de vous contraindre, & de fermer votre cœur, pour que la vérité n'en sorte pas? Quel serment! Ah! Madame! où sont donc les inconvéniens que vous voyez à me la dire? Vous craignez sans doute, que cela n'ajoute à mon bonheur, & vous aimez mieux avoir une vertu de moins, que de me donner un plaisir de plus. Non, non, je n'en crois rien ; vous êtes trop sensible, pour tenir long-tems à cette résolution ! Si vous n'avez point d'attrait vers moi, vous ne ferez jamais de projet contre ; vous gémirez, au fond de votre ame, d'un malheur que vous causerez, malgré vous, & vous me laisserez le charme de la confiance, pour me consoler des peines de l'amour. Voilà comme vous êtes ; convenez en : voilà ce qui me transporte, ce qui m'enchaîne à vous. Quel seroit votre embarras,

barras, s'il vous falloit mettre de l'a-
dresse dans votre conduite, & de l'ar-
tifice dans vos discours! Alors que
deviendroient vos grâces, qui sont
toutes si naturelles! Votre physiono-
mie même y perdroit; elle n'est aussi
séduisante, que parce que votre cœur
s'y peint, avec toute sa pureté, sa
candeur, & sa délicatesse.

I. *Partie.*                O

# LETTRE XLIX.

## *Du Baron au Chevalier.*

Rassurez-vous, Chevalier ;
je ne m'aviserai plus de combattre
votre amour. J'ai rempli les devoirs
de l'amitié ; votre passion résiste à
tout ; puisse-t-elle être heureuse ! Je
me contente, à cet égard, de quelques
vœux secrets. Mes conseils rouleront
sur un autre article. Toutes vos lettres sont pleines de belles maximes,
qui annoncent bien plus la préoccu-
pation de votre cœur que la justesse
de vos idées. Vous dédaignez les honneurs, les titres, la fortune ; votre
sentiment vous entraîne & vous aveugle ; son activité est la cause de votre
nonchalance sur le reste : vous ne
voyez que l'ennui des démarches, &
non l'avantage du succès. Un nuage
que vous avez formé vous – même,

s'élève entre vous & la société. Vous vous déguisez ce qu'elle exige, & vous affectez du mépris, pour des devoirs, dont l'importance vous effarouche. A votre âge, on croit qu'on a tout, quand on aime. Ah ! Chevalier, cette effervescence dure peu, & quand elle cesse, sur quoi s'appuyer, dans le vuide qu'elle laisse après elle, si l'on ne s'est pas entouré de soutiens qui la remplacent ? Il faut étendre ses relations, multiplier ses ressources, fournir à sa sensibilité plus d'une sorte d'aliment, & se ménager, de loin, au défaut de l'ivresse, des jouissances pour la raison.

L'amour est l'enchantement de la jeunesse ; l'âge viril s'enflamme pour la célébrité ; servir ses semblables, assure le bonheur de toute la vie. La bienfaisance est sans contredit le plus noble de nos penchants. L'on reconnoît bientôt, à la joie intérieure qu'elle donne, la pureté de son origine.

Il est des citoyens condamnés par leur naissance, à parcourir une sphere peu étendue. Pour être obscurs, ils n'en sont pas moins estimables, quand ils remplissent le rôle qui leur fut assigné; & l'œil qui voit tout, est ouvert sur leurs actions, comme sur celles du Monarque qu'ils servent & qui les ignore. Il en est d'autres qui tiennent de plus près à la grande chaîne de la société, qui lui doivent davantage, parce qu'elle a plus fait pour eux, & leurs vertus destinées à l'éclat, sont, en quelque sorte, un fonds qu'ils doivent faire valoir, au profit de l'humanité. Mon ami, vous êtes de ce nombre. La probité désintéressée de vos aïeux ne vous a pas laissé une de ces fortunes immenses, qui rendent suspects les moyens par lesquels elles furent acquises, & presqu'odieux ceux qui en héritent; mais vous tenez d'eux les vrais biens, une succession d'honneurs légitimes, un nom cher à la

France, & qui, arrivé sans tache jusqu'à vous, vous impose la noble obligation de le transmetrre à l'avenir,
dans la même intégrité. Je vous vois
entouré de parens peu riches, dont
vous êtes déja l'espérance, & dont,
un jour, vous pourriez devenir l'appui. Croyez-moi, mon cher Chevalier, on ne refuse pas, sans une sorte
de honte, le courage qui demande le
prix de la vertu.

On m'écrit qu'il est question pour
vous, d'une place à la Cour; mais que
vous ne mettez aucune chaleur à la
solliciter. Songez donc que cette place
vous approche de la personne de votre maître, & rougissez de ne pas bri-
guer, avec empressement, tout ce
qui peut vous donner des droits à sa
confiance.

Seriez-vous, par hazard, dans cette
erreur commune, que l'ambition ne
se concilie presque jamais avec l'honnêteté? Si vous y êtes, revenez-en;

&, si elle ne vous a point gagné, ne l'adoptez jamais. Un des malheurs du genre-humain, c'est que des hommes dépravés profitent presque toujours du repos de ceux qui sont honnêtes, pour usurper ce qui est dû à ces derniers, & ce qu'ils laissent échapper, par une modestie qui n'est plus une qualité dans l'homme, quand elle nuit à l'activité du citoyen. Au lieu de gémir sur l'abus de la faveur, de pleurer sur la plaie du gouvernement, que n'agissent-ils? une audace noble, des démarches permises, des sollicitations, appuiées par des titres, leur épargneroient des larmes; à l'Etat, des malheurs; & au chef, une injustice, qu'il ne fait, que parce qu'on prend leur masque pour le tromper. Que m'importe une probité infructueuse & nonchalante, qui se resserre au lieu de se répandre? Elle devient coupable de tout le mal qu'elle pouvoit empêcher; elle est nulle au moins tant qu'elle sommeille ; c'est l'or au fond de la mine.

Quand on est dans le cas de parvenir aux places élevées, quand on y est porté par les circonstances, comment ose-t on les dédaigner ? Peut-on n'être pas enflammé de l'enthousiasme du bien public, à la vue de ces postes honorables, qui donnent tant d'exercice au sentiment de la bienfaisance ? C'est de-là qu'on peut envoyer des secours au mérite qui se cache, qu'on peut tendre la main aux malheureux qu'opprime l'autorité subalterne : c'est de-là que la vérité part quelquefois, pour aller jusqu'aux pieds du trône, réveiller la conscience du Prince, & plaider la cause des sujets. Quand je réfléchis à tous ces avantages, je ne conçois pas comment ceux-mêmes, qui, par des moyens illicites & bas, franchissent, si l'on peut le dire, ces hauteurs de la société, n'y respirent point un air nouveau, & ne secouent point, en y arrivant, toutes les passions viles qui les y ont conduits; comment leur ame rétrécie par les petites intrigues, ne s'étend point à l'aspect des grands objets; comment enfin, tout vicieux qu'ils furent, le pouvoir & les occasions de faire le bien, ne les rendent pas à la vertu.

Vous allez me dire que je moralise toujours, & m'objecter ma propre conduite pour réfuter mes raisonnemens: il seroit trop long de vous en détailler tous les motifs: qu'il vous suffise de savoir qu'une indifférence prétendue philosophique n'y est jamais entrée pour rien. Si j'eusse été à votre place, si les voies m'eussent été applanies comme à vous, je jouirois aujourd'hui, ou d'une disgrace honorable, ou des services que j'aurois tâché de rendre à mes concitoyens. Tout vous rit, vous n'avez pas même besoin de faire naître les circonstances; je ne vous invite qu'à leur obéir. Allez en avant, mon cher Chevalier. Vous êtes jeune, vous avez une belle ame, je vous crois digne d'être ambitieux. Si l'ambition d'un scélérat est un fléau pour la société, celle d'un honnête homme doit être un sujet de joie pour tous ceux qui lui ressemblent.

J'aime, dites-vous, & il faut à l'amour un cœur tout entier. Eh bien! agissez pour l'intérêt même de votre sentiment : laissez aux amans ordinaires des soins efféminés, une tendresse oiseuse, une galanterie banale & froide: ou je connois mal Mad. de Senanges, ou ce fade protocole ne la touchera point. Offrez-lui dans vous des qualités que le public estime, des honneurs qui en soient la récompense; épurez votre amour, en l'associant à la gloire; & qu'elle ne puisse le rejetter, sans s'accuser d'une injustice.

M'avez-vous tenu parole? Avez-vous cessé de voir le Marquis? A l'égard de Mad. d'Ercy, défiez-vous-en;

à force d'être frivoles, ces femmes-là
deviennent cruelles. On peut les prendre sans conséquence ; mais il faut
s'en séparer avec précaution : comme
elles n'ont, pour masquer le vuide de
leur ame, que les hommages qu'on
leur rend, elles ne se consolent pas
d'en perdre un seul ; & il faut plus de
soins alors pour enchaîner leur amour-
propre, qu'il n'en avoit fallu pour obtenir des preuves de leur amour.

Je me souviens qu'autrefois elle
voyoit Senanges dans quelques mai-
sons ; elle pourroit nuire à la femme
charmante que vous aimez. Je ne cesse
de dire ; mais vous pardonnerez mes
sermons, en faveur du zele qui les
inspire & les anime.

# LETTRE L.

## Du Chevalier au Baron.

O mon guide ! ô mon ami !. cher Baron, vous ne m'écrivez pas une seule lettre, que je ne la regarde comme un bienfait. Votre morale m'éleve & m'échauffe ; elle joint la véhémence qui entraîne à l'attrait qui persuade : mais à présent que je suis foible pour m'y rendre, & sur-tout que je me plais à l'être, tout ne sert qu'à enfoncer plus avant le trait qui s'attache à mon cœur ; les illusions de mon amour me sont plus que toutes les vérités ensemble ; & pour mieux m'enchaîner, il prend les caracteres de la vertu. Oui, je suis plus vertueux, depuis que j'adore Mad. de Senanges. On ne l'aime point comme on aime les autres femmes ; & je n'ai plus de l'amour l'idée que vous vous en fai-

tes., que peut-être je m'en faisois moi-
même. O sentiment qui les réunis
tous, émanation céleste, charme unique des êtres jettés sur ce triste globe;
seul dédommagement des peines de
la vie, je te venge, autant qu'il est en
moi, des attentats de la raison, par
les impressions tendres & profondes
que tu me fais éprouver! Ce sont elles
que je vous oppose, mon cher Baron:
si vous saviez ce qu'un seul regard de
Mad. de Senanges porte de plaisir à
mon cœur, si vous pouviez concevoir l'ivresse où je suis, si vous vous
rappelliez jusqu'à la volupté des peines qu'on souffre en aimant, vous en-
vieriez mon bonheur, loin de chercher à le détruire; & vous avoueriez
enfin que l'homme a tout, quand il
idolâtre, quand il divinise un objet
qui lui fait tout oublier. Que les soins
ambitieux sont froids, pour se mêler
à ceux de l'amour! Plaire à Madame
de Senanges, lui consacrer ma vie

n'exister que pour elle , voilà ce que je
veux , ce que je désire ; tout le reste
me paroît languissant & importun :
le besoin de briller , de m'agrandir ,
je ne l'éprouve plus ; je n'ai plus que
celui d'aimer & d'être aimé.

Ah! croyez moi , la bienfaisance ne
m'en paroît pas moins le devoir le
plus saint , le plus doux à remplir. Je
suis digne de goûter les délices qu'elle
promet & qu'elle donne ; mais pour
être bornée , est-elle anéantie? N'est-
ce rien que de se rendre digne du
cœur honnête qu'on a choisi , d'épurer ses affections pour le mériter ;
d'être vertueux sans témoins pour
l'être davantage; de faire le bien dans
le silence ; de ne pas désirer les regards publics , & de ne jamais descendre aux bassesses de l'amour propre qui détruit le charme des plus
belles actions, en attaquant leur principe. Tous les retours sur soi sont autant de larcins à ce qu'on aime.

Cher Baron, ma façon de penser n'est pas si éloignée de la vôtre qu'elle paroît l'être d'abord. Je me disois foible, il n'y a qu'un moment : plus je m'examine, & plus je m'applaudis de mon courage. Que de liens honteux j'ai brisés, depuis que mon cœur s'est rempli d'amour pour Mad. de Senanges ! Elle y a réveillé ce tact intelligent & prompt, qui avertit de ce qu'il faut fuir, de ce qu'il faut chercher ; qui représente toutes les bienséances, munit contre les séductions dangereuses, & devient une espece de conscience pour toutes les délicatesses de la sensibilité. Sans cette femme adorable, je languirois encore dans les chaînes de Madame d'Ercy ; j'aurois fini peut-être, par me vouer à l'intrigue, m'endurcir dans le luxe, & acquérir un triste crédit aux dépens de la considération.

Sans elle je verrois encore le Marquis ; je me serois familiarisé avec sa

morale, &, pour courir après l'éclat
du moment, j'aurois perdu les mœurs,
le trésor de toute la vie. A peine l'ai-
je connue, j'ai pris en horreur tout
ce qui ne lui ressembloit pas ; mes
yeux se sont détournés de ce qui por-
toit l'affiche de l'indécence & de la
fausseté, pour se reposer sur les idéees
de l'honnête & du vrai, les seules
qu'on puisse avoir, quand on l'approche. J'habite un monde nouveau
qu'elle a créé pour moi ; & je me suis
estimé davantage, à mesure que je l'ai
plus aimée. Eh bien ! Baron, direz-
vous encore du mal de l'amour, quand
il produit de si nobles effets ? Que
sont, auprès de ce que je sens, les
vaines jouissances de l'ambition ? Vous
aviez pourtant trouvé le moyen de me
réconcilier avec elle ; c'étoit de me la
faire envisager comme un secret de
plaire à Madame de Senanges : oui,
qu'elle ordonne, qu'elle ait seulement
l'air de désirer ; il n'est rien que je

n'entreprenne ; il n'est point d'élévation où je n'arrive , dans l'espoir de
lui en offrir l'hommage , & de lui dire :
vous m'avez fait ce que je suis ; si
l'Etat a un citoyen de plus , c'est à
vous qu'il le doit : ma gloire est l'ouvrage de vos charmes , & je n'en
jouis , que parce qu'elle est un garant
de plus pour mon amour.

J'aime avec un excès....... dont
je ne me croyois pas susceptible. Je
n'imaginois pas que , dans le tumulte
du monde , on pût se recueillir , s'i-
soler , être entiérement à un seul objet. Tout ajoute à mes sentimens ,
tout , jusqu'à la comparaison de ceux
qui m'ont effleuré jusqu'ici. A l'instant peut-être où vous m'écriviez des
conseils , cher ami , je m'enivrois de
l'espoir de plaire ; pouvois-je vous
entendre ? devois-je vous écouter !
oui, oui ; j'ai cru entrevoir un rayon
de bonheur.... Mad. de Senanges !...
je ne puis me résoudre à vous rien
cacher ;

cacher; votre ame est un sanctuaire
où je déposerois avec confiance jusqu'aux foiblesses de la Divinité que
j'aime... Eh bien ! Madame de Senanges.... elle ne sera pas toujours insensible; quelques conversations, sa tristesse, quand elle me voit affligé, sa
joie quand mon front est plus serein,
les querelles charmantes qu'elle me
fait; le dirai-je! des mouvemens de
jalousie qu'elle n'a pu me cacher, me
livrent aux plus douces espérances ?
O Dieu! je serois aimé! je lirois dans
ses beaux yeux, l'expression d'un sentiment que j'aurois inspiré! Mon cœur
tressaille; tous mes sens sont agités,
& je ne suis plus, je ne veux plus être
qu'à l'amour.

La fin de votre lettre m'a allarmé;
qu'aurois-je à craindre de Madame
d'Ercy? Elle a connu, dites-vous, M.
de Senanges; voudroit-elle l'instruire?.... O ciel! quel soupçon! avez-
vous pu le former? puis-je l'avoir

*I. Partie.*                    P

moi-même? Non; je ne puis prendre sur moi de refuser toute vertu à une femme qui m'a rendu sensible: non, mon ami, nous nous trompons tous deux; je n'envisage aucuns malheurs; les moindres que je coûterois à Mad. de Senanges, seroient le terme de mes jours. Laissez-moi l'aimer, & croyez qu'un amour comme le mien, suppose toutes les qualités dignes de me con- server un ami tel que vous.

## LETTRE LI.

*De Mad. de Senanges à Mad.* \* \* \*,
*son amie.*

MON amie, quand je vous ài fait
l'aveu de mon sentiment; quand nous
en avons parlé, vous m'avez cru du
courage; je m'en croyois; vous étiez
dans l'erreur; je me trompois moi-
même : lisez dans mon ame; sachez
tout. Maîtresse encore de mon secret,
je tremble, à chaque instant, qu'il ne
m'échappe; sa douleur me tue; il est
malheureux; il l'est par moi, sans se
plaindre, sans l'avoir mérité; il m'est
tout, & je l'afflige ! ma situation est
affreuse, je ne sens que ses peines : il
l'ignore, il ne saura jamais que je
donnerois ma vie pour qu'il fût heureux : jamais.... Puis-je en répondre ?
en aurai-je la force ? en ai-je bien la
volonté ? Ah ! ne me ménagez point ;

faites-moi envisager ce que je n'apperçois plus qu'au travers d'un bandeau qui s'épaissit de jour en jour.
Raison, devoir, prudence, tout ce
qui me rassuroit, m'abandonne; vos
conseils même...... auront-ils assez
de pouvoir? Mon amie, il n'y eut jamais d'exemple d'un amour comme le
mien; ma résistance, mes combats
l'ont accru, & ce penchant si doux,
que je n'ai pu vaincre, que rien ne
pourra détruire, que le ciel condamne
peut-être, je dois le renfermer toujours. Eh! pourquoi? seroit-ce donc
un crime de dire à l'objet qui en est
digne : je vous aime, je suis trop
vraie pour vous le cacher? Ma confiance est fondée sur la pureté de mon
sentiment, & sur l'estime que j'ai
pour vous.....

Le Chevalier est si honnête! oh!
oui, j'en réponds; je suis sûre de son
cœur, il ne veut qu'être aimé; il ne
seroit pas heureux, si j'avois un re-

proche à me faire ; & d'ailleurs, s'il osoit ; si jamais..... il cesseroit d'être dangereux pour moi. La vertu m'est chere, me l'est autant que lui ; & l'ennemi de ma gloire ne m'inspireroit que du mépris.

Combien je l'aime, & que j'aurois de plaisir à le lui dire ! son bonheur m'éleveroit au dessus de moi-même. Se pourroit-il qu'il me fît perdre quelque chose, dans son opinion ? Concevez-vous ce que je souffre, lorsque son silence, ses soupirs, ses yeux me peignent sa tristesse, & qu'il me faut contraindre jusqu'à l'expression des miens ? Toujours prête à me trahir ; toujours craignant d'avoir trop dit, & plus malheureuse de n'en pas dire assez, mon cœur se déchire, je suis toute à l'amour, & je lui parle d'amitié ! Il s'en va désespéré, me laisse plus à plaindre que lui, & me croit insensible ! Ah! j'avois raison de redouter le moment où je cesserois de l'être. Mon amie, vous êtes ma seule consolation ; plaignez - moi ; aimez-moi , ne m'abandonnez pas.

## LETTRE LII.

*De Madame \*\*\*, à Madame de Se-*
*nanges, son amie.*

Vous avez voulu revoir le Chevalier; j'avois envie de vous en détour-
ner, j'aurois mieux fait ; l'intention
étoit bonne, il falloit la suivre: vous
m'auriez approuvée sans doute ; mais
les suites, peut-être, eussent été les
mêmes. On a beau chasser un amant
destiné à plaire, je ne sais comment il
arrive qu'il revient toujours ; &, une
fois revenu, il a des droits d'autant
plus solides, qu'on avoit fait plus
d'entreprises contre lui. Tout cela
tient à une sorte de fatalité ; chacun
a la sienne, qu'il est impossible de
vaincre ; mais si le sentiment est involontaire & forcé, la conduite dépend de nous. Ainsi ne vous désespérez pas: ce maudit Chevalier n'est

pas si avancé qu'il le croiroit bien.
Autre chose est d'aimer, ou de succomber à l'amour : vous ne pouvez empêcher l'un ; mais vous pouvez très-fort vous dispenser de l'autre. Les êtres qui n'ont à se défendre de rien, plus heureux, sont moins estimables ; & la lutte du cœur contre une impression chérie, annonce des qualités incompatibles avec le calme de l'indifférence. Mon amie, vous voilà au moment d'une action décisive ; puisez dans la conviction même de votre foiblesse, le courage nécessaire pour en triompher. Prouvez - nous que, dans une ame attachée à ses devoirs, l'honneur seul peut résister à tout, & que la fatalité même n'a point de prise sur la vertu.

Croyez-moi, l'agitation de l'amour épure, à la fin, le cœur qu'elle a bouleversé ; je l'imagine au moins. Pour connoître ses forces, pour en jouir avec confiance, il faut avoir trouvé des occasions de les exercer , & le port n'est doux , qu'après tous les risques de la tempête.

Ainsi , je vous répéte, non pas d'étouffer votre amour, mais de le renfermer. Vous me remercierez , à chaque effort que vous coûtera cette contrainte , & l'orgueil d'un pareil sacrifice , vaudra bien pour vous le plaisir d'avoir cédé.

Je viens de relire votre lettre, elle me décourage. C'est l'épanchement de l'ame la plus tendre & la moins disposée à combattre le sentiment qui la remplit. Mon amie , ma chere amie, profitez du moment qui vous reste ; vous avez juré à un homme de n'être qu'à lui , mais c'est le ciel qui a reçu le serment , c'est l'amitié qui vous le rappelle , & votre gloire qui le réclame. Arrêtez-vous un instant , sur le bord de l'abîme , & voyez-en la profondeur : rejettez-vous en arriere , il en est tems encore. Mes bras sont ouverts pour vous recevoir, & mon cœur est prêt à recueillir vos larmes. Les pleurs sont bien moins amers, quand ce n'est pas le déshonneur qui les fait couler. Songez à vous, & comptez sur votre amie.

# BILLET

*De Mad. de Senanges, à son amie.*

Mes pleurs coulent, & je mérite à peine qu'ils s'épanchent dans votre sein. J'aime, & je n'ai plus la force de le cacher..... J'aime.... ô mon amie ! ce seul mot m'épouvante, & mon effroi ne me garantit de rien. Vous voulez que je renferme mon amour. Hélas ! il n'est plus tems. Il paroît dans mes regards, mes discours le respirent, mon silence le trahit ; encore une fois, il n'est plus tems.... tout ce que je puis vous promettre, c'est d'ennoblir ma foiblesse ; vous m'estimerez, & je n'aurai pas tout perdu.

# LETTRE LIII.

## *De Mad. de Senanges, au Chevalier.*

AH! que vous me causez de chagrin, & que je serois fâchée cependant de ne vous pas connoître! Le
présent me trouble, l'avenir m'allarme; &, malgré votre délicatesse, vos
sermens & ma confiance, si j'étois
prudente, je ne vous verrois plus:
mais hélas! il m'est si nécessaire, si
doux de vous voir! Tout ce qui m'a-
musoit, m'inportune aujourd'hui:
d'où vient donc ce changement? Je
veux l'ignorer toujours; je ne veux
jamais que vous le sachiez: pourtant
ne croyez pas que ce soit ce que je
redoute, ce que je n'ai jamais senti.
Je n'y conçois rien. Craindre le danger, & n'avoir pas le courage de s'y
soustraire! Peut-on être plus foible,
plus inconséquente? Oui, je le suis,

ah ! que n'ai-je plus ou moins de raison ? Quoi ! ne pouvoir ni éviter, ni
vaincre ce qu'on ne cesse de combattre, & n'avoir à espérer, pour prix
de ses combats, qu'une victoire détestée ! Le malheur, ou des torts,
quelle perspective ! Le désordre de
mon ame est extrême ; ne l'augmen-
tez pas, je vous en conjure : au nom
de votre amour ; au nom de l'amitié
la plus tendre, d'une amitié... comme il n'en fut jamais, plaignez-moi ;
mais ne vous plaignez pas de moi.
Nous ne nous voyons que des instans ; croyez-vous être le seul à vous
en appercevoir ? La vie que je mene
me déplaît ; elle ne m'a pas toujours
déplu, j'étois tranquille alors, & me
croyois heureuse. Actuellement, je
ne sais plus ce que je suis ;..... Je
tremble de le savoir ; je tremble sur-
tout, que vous ne deveniez... ce qui
n'est pas.

# LETTRE LIV.

*De Mad. de Senanges au Chevalier.*

IL est vrai, je suis triste ; ne m'en demandez point la cause ; je serois au désespoir s'il vous arrivoit de la pénétrer. Je forme des projets contre vous, contre moi, & je n'en exécute aucun. Je ne suis plus la même ; cette froideur, dont peut-être j'étois vaine, s'il falloit la perdre ! Comment fuir, comment le pouvoir, comment même le souhaiter ? Pourquoi vous êtes-vous attaché à moi ? Tout autre ne m'eût pas inquiétée.

Si vous étiez, comme nous, asservi à des loix cruelles, vous ne me demanderiez point d'où peuvent naître mes allarmes ; &, si vous ne preniez pas le repos pour le bonheur, vous tiendriez du moins à cet abri des peines les plus sensibles ; le charme de l'indépendance, qui est une chimere peut-être, mais toujours celle d'une ame haute, la force des préjugés, la tyrannie du devoir; tout vous armeroit, si rien ne pouvoit vous défendre, & tant d'efforts, toujours douloureux, quelquefois inutiles, déchireroient votre cœur. Oui, je le répete; vous concevriez alors combien doit être affreuse la position de celles qui doivent, qui veulent se vaincre, & se reprochent un combat affligeant pour deux personnes à la fois.

J'ai remené, ce soir, le vieux Duc de * * *, votre parent; il vouloit absolument que je le chargeasse de quelque chose pour vous : eh! que lui aurois-je dit ? Si j'aimois malgré moi, je le cacherois à vous, à moi, à toute la nature; je renfermerois, du moins, ce que je ne pourrois détruire; je souffrirois de vos peines, je chérirois peut-être le principe des miennes; je serois bien à plaindre!

Je me sens, depuis quelques jours, d'une mélancolie qui m'effraie; j'évite le monde, je redoute la solitude; plus on est seule quelquefois, & moins on est seule. Je me crains plus que tout; mais j'ai beau me fuir, c'est moi que je retrouve par - tout. Ah! que j'étois différente, quand je n'aimois que mes amis! Je les aime toujours; je suis encore heureuse; je suis......
Oui, je suis fort tranquille.

LETTRE

# LETTRE LV.

*Du Chevalier à Mad. de Senanges.*

SI vous aimiez, vous le cacheriez à moi, à vous, à toute la nature... Eh! Madame, d'où peut naître cette résolution? Je connois les bienséances, les préjugés qui captivent un sexe dont vous êtes l'ornement; mais je connois encore mieux les droits d'un amour honnête, & je sais que rien au monde ne balance l'attrait d'un cœur courageux, qui veut jouir de lui-même en se donnant, & qui se donne en dépit de l'univers. Hélas! que vais-je vous dire?.... Est-ce de l'amitié, de la froide amitié, qu'on exige de pareils sacrifices?... Vous craignez... Ah! soyez tranquille; vous n'aimez pas. L'amour, je le sens trop, ne craint rien que de n'être point partagé.

*I. Partie.*       Q

Qu'est-ce donc qui vous arrête ? Si jamais je parviens à vous inspirer quelque retour, reposez-vous sur moi pour envelopper mon bonheur de cette ombre qui en est le charme : je voudrois vous dérober à tous les regards, borner mon existence à vous, la concentrer dans mon amour, & l'anéantir pour le reste. Vains souhaits ! Vous vous plaisez à me voir malheureux ; les soupirs qui échappent à mon cœur n'arrivent pas jusqu'au vôtre ; & ce que vos lettres semblent quelquefois me faire entrevoir, est bientôt détruit par vos discours. Je ne puis plus suffire à ce que je souffre. Ah ! Madame, ajoutez à mes maux, ou daignez les terminer.

# LETTRE LVI.

*De Mad. de Senanges au Chevalier.*

JE suis resté, depuis l'instant où vous êtes sorti, immobile à la place où vous m'avez laissée : je n'ai rien pensé, rien senti. Je retrouve enfin des forces, & je les emploie à vous écrire. Eh bien, Monsieur, il est dit ce mot ! vous me l'avez arraché......
Applaudissez-vous de votre ouvrage; jouissez de ma peine, soyez heureux, si on peut l'être quand on vient d'affliger ce qu'on aime. Mais que vous faisoit l'aveu que je ne voulois, que je ne devois jamais laisser échapper ? Ne m'aviez-vous pas devinée ? Me conduisois-je avec vous comme si j'eusse été indifférente ? & n'étois-je pas assez enchaînée par mon sentiment ? Que ne me laissiez-vous l'espoir peut-être insensé, mais conso-

lant d'être maîtresse de mon secret ;
& sur-tout l'orgueil de n'avoir rien à
me reprocher. Vanterez-vous encore
mon courage, ma raison, ce que j'a-
vois, ce que je n'ai plus ? J'ai trop
compté sur mes forces. Des combats
pénibles, une résistance coûteuse,
votre douleur, vos plaintes, votre injustice, tout ce qui vous accuse, en
un mot, tout vous a servi. Je vous ai
aimé malgré moi, je vous l'ai dit malgré tout, & mon repentir ne peut
changer mon cœur..... C'en est fait,
ils sont finis pour moi ces jours tranquilles, où je n'avois rien à cacher,
où je n'avois besoin de la discrétion
de personne. J'étois calme, exempte
de crainte, ainsi que de remords, &
rien aujourd'hui, rien ne peut me rendre à la douceur de cet état. Que
mon ame est agitée ! quel pouvoir
vous avez sur elle, puisque vous l'a-
vez emporté sur tant d'efforts ! puisque cette ame que vous venez de dé-

chirer, est entiérement à vous! Cependant n'espérez pas de moi d'autres
foiblesses; je vous fuirois au bout du
monde: je vous fuirois, n'en doutez
pas, si vous exigiez la moindre preuve
de ce que j'ai eu tant de peine à vous
cacher. Ah! pourquoi vous l'ai-je dit?
je crains de descendre en moi-même;
je crains tous les yeux, sur-tout les
vôtres; & je me punirai d'une foiblesse... qui pourtant me seroit chere,
si vous me juriez qu'elle suffira toujours à votre bonheur.

## LETTRE LVII.

### *Du Chevalier, à Mad. de Senanges.*

O la plus adorable, la plus aimée des femmes, la plus digne de l'être ! Mon ivresse est au comble ! Vous m'aimez, je vous idolâtre & vous pleurez ! Ah Dieu ! vous n'osez, dites-vous, descendre en vous-même ; vous craignez de lever les yeux sur moi. Non, ne redoutez point votre cœur ; vous y retrouverez encore la gloire que vous croyez avoir perdue. L'honneur dans une ame tendre, délicate & passionnée, survivroit.... même à la défaite. Votre réputation est un dépôt que vous m'avez confié ; il est sacré pour moi, il le sera toujours. Que demain votre réveil soit calme ! Soyez fiere d'avoir vaincu un préjugé barbare qui n'est point la vertu, qui n'en est que le masque. Le crime dont vous

vous accusez n'existe que dans votre imagination ardente & encore étonnée. Vous coupable ! vous ! si vous croyez l'être, je le suis donc bien davantage. Ecartons ces idées, ne répandons point d'amertume sur des instans délicieux. . . . Que ne suis-je le témoin de votre repos ! que ne puis-je attendre votre réveil, m'offrir le premier à vos regards, y trouver l'expression de l'amour & non du repentir ! Pour moi, je n'ai point fermé l'œil ; mais quelle ravissante insomnie ! quelle voluptueuse agitation ! Je me croyois dans un monde nouveau, je me suis recueilli dans mon bonheur, je m'en suis rendu compte. Tous les sentimens que le ciel nous donne pour charmer & embellir la vie, se disputoient mon cœur ; la plus tendre, la plus douce, la plus pure des illusions me reportoit à vos pieds : je croyois encore vous parler, vous entendre, serrer votre main, fixer sur vous des

Q iv

yeux brûlants d'amour, & j'étois bien aise de tenir mon ame éveillée, pour la reposer plus long-tems sur l'image de mes plaisirs. O vous qui êtes tout pour moi, cessez de pleurer, de rougir ; ne sachez qu'aimer.

# LETTRE LVIII.

*Du Chevalier, à Mad. de Senanges.*

VOTRE mélancolie, dites-vous, est le seul bien qui vous reste. Eh ! n'est-ce rien que d'aimer, que de jouir du bonheur de ce qu'on aime !.. tout le mien s'évanouit, si vous n'êtes pas heureuse... Je ne la puis souffrir cette importune tristesse où vous semblez vous complaire ; je hais le repentir qui vous y attache ; je hais le charme que vous y trouvez peut-être, & cette révolte du cœur contre un aveu que la bouche seule a prononcé... Vous voulez donc que je pleure une victoire, hélas ! trop incertaine ; que je gémisse de vos bienfaits, & que j'essuie vos larmes, quand votre main a séché les miennes ? Non, l'impression que vous éprouvez est involontaire. C'est une inquiétude vague, produite en vous

par une habitude d'indifférence que
vous preniez pour le bien suprême,
& dont la perte vous afflige, sans que
vous sachiez même ce que vous re-
grettez. Ah! l'amour, l'amour le plus
vrai dissipera ces nuages, il parvien-
dra, sans doute, à vous tenir lieu de
la tranquillité froide que vous avez
perdue. Ne me dites plus, ne me dites jamais que vos peines sont mon
ouvrage. Ne mêlez point à la douce
expression de la tendresse, l'amertume des reproches les plus sensibles. Si vous souffrez par moi, eh!
quels sont donc, je le répéte, quels
sont les plaisirs que vous me suppo-
sez? Croyez-vous qu'il me fût possible de m'isoler dans la possession
d'un bien, qui pour être senti, goûté,
digne de nous, exige l'accord des volontés, des ames, & cette ivresse
mutuelle, sans laquelle l'amour n'est
qu'une chimere, une erreur des sens,
une imposture qui promet tout, &

ne donne rien aux malheureux qu'elle a trompés ! Idole de ma vie, vous par qui je respire, vous l'ame de mon ame, reprenez votre sérénité. Vos inquiétudes me désesperent, vos regrets m'humilient. Donnez-moi votre confiance, c'est tout ce que mon amour ose exiger du vôtre.

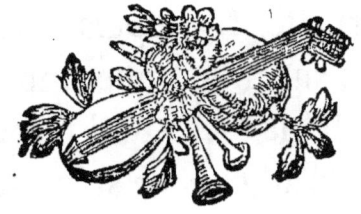

# LETTRE LIX.

*De Mad. de Senanges au Chevalier.*

CE repentir qui vous blesse & qui me tue, hé bien, je sens qu'il m'attache encore plus fortement à vous. Pardonnez-moi mes peines, & mes craintes & mes reproches. Souffrez que je me plaigne à vous de vous aimer trop. Souffrez les derniers efforts d'une cruelle & impuissante raison qui n'agit sur moi, que pour me déchirer. Ah! laissez-moi jusqu'à mon chagrin; d'ailleurs je suis plus tranquille depuis tout ce que vous m'avez promis... Je vous en rends grace, & pourtant vous en êtes plus dangereux pour moi. N'abusez pas de ma reconnoissance, n'en abusez jamais; c'est à vous que je veux tout devoir. Je compte sur vous bien plus que sur moi-même. Votre honnêteté, ma

confiance, mon amour, je dirois presque ma foiblesse , tout vous lie , &
ce lien qui seroit sans pouvoir sur la
plûpart des hommes , aura des droits
sur vous.

Je reçois votre seconde lettre à
l'instant.... que j'en suis mécontente !
Pourquoi cette affectation à me parler sans cesse d'un autre que vous. On
m'accuse , je le sais , d'avoir aimé le
Prince de * * * ; je ne me justifie
point d'une telle calomnie, sa passion
fut vraie , & mon indifférence connue. Cette inquiétude , ce premier
avertissement de l'ame, l'émotion, le
trouble qui effraient & charment la
mienne , c'est vous , mon cher Chevalier, vous seul qui me les avez fait
connoître ; aimez votre ouvrage.....
mais non , vous soupçonnez ma tendresse ; ah ! que j'aurois bien le droit
de ne pas croire à la vôtre ! & j'ai pu
céder à l'amour, j'ai pu l'écouter cet
amour qui rend injuste , qui fait qu'on

a du chagrin, & qu'on en donne!...
C'est un Dieu, dit-on, un Dieu! lui!
il n'en a que le pouvoir, il n'en a pas
la bonté. Je le jure à ses pieds, où je
ne voulois jamais étre; j'y vais en ré-
voltée, & j'y prends des chaînes nouvelles. Douce & respectable amitié!
quand vous remplissiez mon cœur,
quand vous lui suffisiez, la défiance
n'y trouvoit point de place. Aujour-
d'hui, j'ai des torts, des allarmes,
même des soupçons.... mon état est
bien changé!

# LETTRE LX.

*Du Chevalier à Mad. de Senanges.*

Oui, oui, l'amour est un Dieu ; je n'ai qu'à vous regarder pour le croire, & m'interroger pour le sentir. Quoi! cette inquiétude, ce premier avertissement de l'ame, ces émotions, ce trouble que vous peignez avec des couleurs si vraies, je suis le premier, je suis le seul qui les ai fait naître en vous!... Je jette des regards de dédain sur tout ce qui m'environne, & je sens, pour la première fois, que l'orgueil peut être un plaisir. Je n'ai plus d'inquiétude, je n'en eus jamais. Je connois, je respecte votre vertu ; ce qui séduit tant de femmes, ce qui les éblouit, les mouvemens de vanité qu'elles prennent si souvent pour de l'amour, ne pouvoient agir sur vous ; vous n'êtes point susceptible de ces prestiges qui fascinent la raison, étourdissent sur les risques, & nuisent presque toujours, sans intéresser jamais; c'est un cœur qu'il falloit au vôtre. L'amant honnête & sensible que vous avez daigné choisir, veut se croire supérieur à tout, puisque vous l'avez préféré.

LETTRE

# LETTRE LXI.

*Du Chevalier, à Mad. de Senanges.*

HIER, je ne vous ai vu qu'un instant ; aujourd'hui, je ne vous verrai
pas, ou du moins, ce ne sera qu'avec
tout le monde : demain, le spectacle ;
après demain, une autre distraction.
Ah ! Dieu ! comment ne haïssez-vous
pas ce tourbillon qui vous enleve à
moi, vous étourdit sans vous plaire,
vous emporte sans vous fixer, n'occupe que votre tête, & laisse au fond
de votre cœur un vuide que vous sentez, sans vouloir le remplir ? Se donner ! se donner à ce qu'on aime ! que
trouvez-vous donc là de si effrayant ?
Ah ! cruelle, si le mot vous fait peur,
que le sentiment vous rassure : il
donne des forces contre le préjugé,
il écarte les défiances, il détruit, par
un charme secret, toutes les subtilités

*I. Partie.*                    R

de la raison, de cette froide raison qui ne vaut pas l'instinct aveugle d'un cœur tendre.

Cependant, vos craintes me sont cheres; j'aime jusqu'à vos allarmes. Elles me confirment ce que j'avois toujours pensé; elles constatent l'aveu le plus charmant que vous ayez pu me faire. Non, si vous aviez aimé, vous ne redouteriez pas tant d'aimer encore. Le premier pas enhardit au second; les scrupules, qui se sont épuisés dans les efforts d'une premiere résistance, ne se renouvellent que foiblement, à une autre attaque : vous auriez moins de courage, si vous connoissiez mieux le plaisir de succomber.... C'est pour moi, pour moi seul, que vous cessez d'être indifférente! c'est moi qui fis éclore votre sensibilité! cette idée m'enivre. Que l'inexpérience du cœur est précieuse, dans la femme qu'on aime!

Avez-vous songé à ce que vous me

promîtes hier ? Pourrai-je enfin vous voir, sans craindre les témoins, toujours importuns, souvent indiscrets, & qui m'arrachent les plus doux instans de ma vie ?

Une seule chose peut adoucir mes peines, je me soumets à tout, mais j'ose..... oui, j'ose exiger votre portrait, pour prix de mes sacrifices. Il me consolera du moins en votre absence ; mes yeux qui n'arrêtent sur vous que des regards timides, pourront à loisir se reposer sur votre image; elle ne sera point, comme vous, armée d'une raison cruelle; je pourrai lui peindre mes desirs, la couvrir de baisers, la tremper de larmes, sans craindre de voir repousser ou mes caresses, ou mes soupirs. Si vous me refusez, je doute de votre amour, & tout finit pour moi.

✳

## LETTRE LXII.

*De Mad. de Senanges au Chevalier.*

DOUTER que je l'aime ! lui, en douter ! m'envier jusqu'à un reste de raison qui m'a si mal défendue ! Homme injuste !... non, vous ne méritez pas cet abandon de l'ame que vous comptez pour rien ; la mienne est à vous, elle n'est plus à moi ; j'aime à vous la laisser toute entiere, & vous vous plaignez ! J'ai beau détester là contrainte à laquelle je suis assujettie, regarder comme anéantis pour moi tous les momens que je passe loin de vous ; vous ajoutez vos reproches à mes privations ! elles ne sont pour vous que des raisons pour craindre, des titres pour douter, & non des motifs d'aimer mieux. Vous qui êtes si honnête, vous qui avez toutes les vertus, excepté une seule, qu'encore

il vous est permis de ne point avoir ;
ayez pitié de mon désordre, rendez-
moi, s'il se peut, à mes devoirs ; &,
puisqu'il n'est plus tems de fuir, puisque je ne le peux plus, que je ne le
veux plus, soyez généreux, soyez digne d'un amour souvent contraint,
toujours combattu, & dont je crains
l'excès. Ne m'accusez point de froi-
deur, n'ébranlez pas une résolution
qui ne me coûte que trop. Sûr d'être
aimé, sûr de l'être plus tendrement
que je n'ose vous le dire, n'arrachez
pas à ma tendresse, ce qu'on refuse
avec douleur ; mais ce qu'on n'accorde pas sans crime. Je vous implore
pour moi contre vous-même... hélas !
contre tous deux. Non, jamais, jamais je ne risquerai de perdre le seul
bien qui m'attache à la vie, l'estime
de ce que j'aime ; cette crainte suffi-
roit pour me rendre malheureuse :
voudriez-vous que je le fusse ? Si
quelque chose peut réparer mes torts,

c'est le courage de n'en avoir pas de
plus grands. Vivre pour vous aimer,
vous en donner à chaque instant des
preuves innocentes, en chercher, en
inventer de nouvelles, voilà tout ce
que je puis vous promettre, & ce qui
doit vous satisfaire. Dites ; si vous
aviez le pouvoir de former un être
pour votre bonheur, lui donneriez-
vous des émotions qui ne tiendroient
qu'aux sens ? Seriez - vous assez peu
délicat, pour les préférer à celles dont
l'amour seroit le créateur, qui sont
l'ouvrage de l'amant, qu'il fait naître,
qu'il développe, qui seroient ignorées
sans lui, qui existent par lui, & n'existent que pour lui ?...

*P. S.* Avez - vous songé à l'importance de la demande que vous me faites ? Mais vous serez malheureux, si
je vous refuse ; je suis bien embar-
rassée !

## LETTRE LXIII.

*De Mad. de Senanges, au Chevalier.*

DIREZ-VOUS encore que je ne songe pas à vous? Eh bien! oui, la voilà cette copie d'une femme dont le courage vous paroît surnaturel, mais dont le cœur est bien foible! Puissiez-vous en être content! puissiez-vous attacher assez de prix au don que je vous fais, pour n'en plus désirer d'autre! Ah! du moins, que ce présent de l'amour le plus tendre, vous prouve à quel point vous m'êtes cher, & l'excès de ma confiance & l'abandon de tout ce qui peut s'accorder sans remords. Je vous aime, je vous le dis, je vous écris sans cesse, je vous donne mon portrait, enfin je n'ai que des reproches à me faire, & je m'applaudis! hélas! De quoi? de n'avoir

pas les plus grands torts ; il se réduit
à cela, ce courage qui vous chagrine,
vous étonne, me coûte, & qui mieux
apprécié, ne seroit que de la foiblesse.
Ah! dites - moi que vous serez assez
reconnoissant pour ne rien exiger ;
mais jamais rien. Mon Dieu! les prie-
res d'un amant qui est aimé, qui l'est
comme vous l'êtes, ne sont que de la
tyrannie. Rassurez - moi ; que toute
entiere au plaisir de vous voir, je n'aie
plus d'effroi! Que mon image, en vous
rappellant le sentiment qui m'attache
à vous, n'en soit pas la preuve, sans
être ma sûreté ! Je passe ma vie à
craindre ce qui feroit votre bonheur,
à me reprocher ce que je sens, à vouloir ce que je dois, à souhaiter peut-
être le contraire. Sont-ce là les dou-
ceurs que vous m'aviez promises ?
Aimez, disiez - vous, & nous serons
heureux: moi, heureuse ! ah! oui, si
vous l'êtes; oui, si votre amour est
aussi tendre, aussi vrai qu'il le paroît;

& , quoiqu'il m'ait ôté le repos , le calme , tout ce qui me fut précieux , je ne regrette rien , pas même la liberté à laquelle je tenois tant , & que j'ai perdue sans retour.

# LETTRE LXIV.

*Du Chevalier, à Mad. de Senanges.*

VEILLAI-JE? est-il bien vrai? c'est elle! la voilà, cette image adorée, ce trésor que mon cœur attendoit, ce gage sans prix d'un amour qui fait tout mon bonheur!..... Hélas! combien le Peintre est resté au dessous de son modele! Ce sont quelques-uns de vos traits ; mais votre ame, où est-elle? où est l'expression, la vie ? Ah ! que le pinceau est impuissant, pour rendre ces grâces inexprimables, que l'esprit donne, que l'imagination multiplie, & que perfectionne la sensibilité! Je vous tiens, & je vous cherche encore ! n'importe, ce qui manque au portrait, mon cœur l'ajoûte.

*Puissiez-vous* (c'est vous qui parlez) *attacher assez de prix au don que je*

vous fais, *pour n'en pas exiger d'autres !* Que vous me rendez peu de justice ! Ce ne sont point les privations
qui m'effraient ; tant qu'elles ajoute-
ront à votre bonheur, je souffrirai
tout ce qu'elles enlevent au mien ;
mais, cruelle, voulez-vous commander aux mouvemens involontaires de
l'ame ? Voulez-vous enchaîner ce feu
qui la dévore, l'embrâse, & s'augmente par les efforts qu'on fait pour
l'éteindre ? Pour vous former un
amant, à votre choix, il faudroit donc
anéantir l'amour ! Ce que je vous dis
n'est point la satire de votre systême ;
je le trouve barbare, injuste peut-être ;
cependant je le respecte : n'étant pas
le fruit du caprice, il est l'ouvrage de
la vertu ; &, toutes les fois qu'il ne
s'agira que de moi, vous êtes bien
sûre du sacrifice ; ma vie est à vous.
Eh ! quel seroit mon triomphe, s'il
étoit payé de vos larmes ! Je ne veux
point d'une félicité qui vous arrache-

roit des soupirs; je ne veux point dérober à la foiblesse ce que la volonté
me dispute, ce que le vœu du cœur
ne m'accorde pas; j'aime mieux souffrir toujours, oui toujours, que de
mériter un reproche par une témérité peu délicate, & des emportemens
qui humilient, quand ils ne sont point
partagés. Mais, en me réduisant à cette
façon d'aimer, ne croyez pas que j'en
sois plus paisible, moins inquiet, ou
moins difficile: les besoins de l'ame
se multiplient, à proportion de ce
qu'on ôte aux sens; l'amour ne veut
rien perdre, il n'y a point de priva-
tion qui ne doive lui valoir une jouissance. Ce que vous m'ôtez d'un côté,
vous me le rendrez de l'autre; moins
je suis exigeant sur les preuves, plus
je le serai sur les sentimens, & vous
devez m'aimer d'autant plus, que vous
me rendez moins heureux.

# LETTRE LXV.

*Du Chevalier, à Mad. de Senanges.*

CIEL! qu'éprouvai-je? quelle ardeur séditieuse s'allume dans mes veines, y coule avec mon sang! D'où vient mes yeux sont-ils chargés d'un nuage qui leur dérobe tout, excepté vos charmes? Je ne puis me les rappeller, sans un trouble enchanteur & cruel à la fois; ils tyrannisent ma pensée, ils sont toujours présents à mon cœur; &, quand je m'arrache à vous, j'emporte avec moi leur image & mon supplice; oui, mon supplice! Mes jours, mes nuits, tous les instans de ma vie sont marqués par une agitation douloureuse, par les tourmens d'un amour contraint, & qui renaît toujours plus vif, pour vous être toujours immolé. Les rêves même les plus doux, ne sont que des lueurs rapides qui me replongent plus avant dans l'infortune : une réalité barbare me fait expier..,. jufqu'à mes songes ; & peut-être voudriez-vous m'enlever encore ces fantômes de mon imagination..... Oh ! si vous saviez ce que je souffre, de combien de larmes secrettes, de soupirs brûlans il me faut païer le triomphe inhumain dont je meurs, & dont peut-être vous vous applaudiffez !......, Qu'ai-je promis, ô Dieu ! quel horrible serment ! aurai-je la force de le tenir ? Quel complot avons-nous fait à l'envi contre les droits de la nature & de l'amour ! Envain je m'encourage à remplir cet engagement odieux ; je soupire, malgré moi, après l'instant du parjure. Ah ! pardon !... je m'égare ; je vous offense, je me déteste ; mais jugez vous-même de ma situation ; rappellez-vous notre derniere entrevue. Vous m'aviez ordonné de vous faire la lecture d'un Ouvrage

nouveau. Hélas! une distraction bien
pardonnable ramena mes yeux sur
vous; ils s'y arrêterent avec un attendrissement que je ne pus cacher, & le
livre échappa de mes mains, sans qu'il
me fût possible de le reprendre. Après
quelques momens d'un silence.... qui
disoit tout, j'allai tomber à vos pieds.
Par un mouvement dont je ne fus pas
maître, je pris une de vos mains, que
je baignai de larmes : mon trouble
augmenta, je vous serrai contre mon
cœur, & il sembloit qu'il alloit s'ouvrir pour vous recevoir; c'est alors
que vos yeux, ces yeux si doux s'ar-
merent de sévérité. Vous m'enviez
jusqu'à l'innocente expression d'un
sentiment, dont vous souffrez l'hommage, & vous condamnez son excès,
qui seul peut en ôter le crime. Ah!
cruelle, défendez-donc à mon cœur,
de palpiter d'amour, en votre présence; défendez-donc à vos regards,
d'y rallumer sans cesse cette flamme

que le respect y tient renfermée, &
qui s'irrite par l'obstacle.

Pourquoi tous vos mouvements
semblent-ils dirigés par les grâces, &
peignent-ils la volupté? Pourquoi
votre haleine seule suffit-elle pour enflammer l'amant qui vous approche?
Pourquoi cette bouche si fraîche,
semble-t-elle appeller le baiser qui
l'effarouche? Hélas! si vous voulez
m'imposer toutes les privations, pourquoi m'environner de tous les attraits.... Il faut donc que mon tourment naisse du sein des délices; il
faut que je me précautionne en vous
abordant, contre les élans de l'ame,
le charme des yeux, & les écarts même de la pensée! Vous n'allumez le
desir, que pour en exiger le sacrifice:
tous ces effets de l'amour, qui deviennent sacrés par leur cause, toutes ces
émotions du cœur, dont les sens ne
sont que les interprêtes; tous ces tri-
buts de la sensibilité, vous paroissent
autant

autant de crimes; & , quand je ne suis
que le plus tendre des hommes, vous
m'en croyez le plus coupable !..... &
vous m'aimez ! Non, vous vous êtes
trompée, sans doute..... Reprenez,
l'aveu qui vous a tant coûté...... que
dis-je ? Ah ! gardez-vous de me croire :
plaignez le désordre où je suis, &
laissez - moi votre amour, dussé - je
mourir de mes tourmens.

# LETTRE LXVI.

### De Mad. de Senanges, au Chevalier.

J'AI trop attendu.... mais je prends enfin ce parti qui m'est plus affreux que la mort. Je vais vous éviter.... il le faut, je le sens.... ah! pourquoi, cruel, m'y avez-vous forcée? C'en est fait, je renonce au bonheur, à la vie, à vous. Je ne passerai plus mes jours à vous souhaiter, à vous attendre, à vous voir. Mes yeux ne rencontreront plus les vôtres; & mon cœur, le cœur vrai dont vous doutez, lorsqu'il est tout entier à l'amour le plus tendre, ce cœur qui n'est rien pour vous, si la honte n'en accompagne le don, malheureux par vous & jamais guéri, conservera toujours un souvenir cher & des regrets douloureux du bien dont il se prive. Je me trompois hélas! je cherchois à me tromper. J'osois

compter assez & sur vous & sur moi ;
pour me consoler d'un aveu, dont la
délicatesse de vos sentimens me voiloit le péril & le crime. Vaines chimeres d'un cœur qui s'abusoit ! Elles
sont évanouies ; je vous fais souffrir ,
je ne puis soutenir cette idée ; j'ai du
courage, sans doute, & si le supplice
de refuser ce que j'aime ne tourmen-
toit que moi, je trouverois des forces
pour le supporter ; mais votre peine
m'est horrible : ce n'est qu'en vous
fuyant, qu'il me sera possible de n'y
pas céder. Quels reproches vous m'a-
yez faits la derniere fois que nous
nous sommes vus ! Quelle lettre vous
m'avez écrite aujourd'hui ! Plaignez-
moi, sans me haïr, sans m'accabler
davantage. Je dois lever le bandeau
qui me sert trop bien : voyez-moi
telle que je suis ; vous ne croirez plus
alors que ma perte soit irréparable.
Vous fûtes heureux avant de me con-

noître, & vous le serez, hélas! sans moi!... Il est des femmes plus séduisantes ; aucune ne vous aimera autant, mais vous accordant plus, elles vous conviendront mieux. Vous plairez, vous aimerez, vous m'oublierez... je le veux ; oubliez-moi ; laissez-moi en mourir, & payer avec joie votre tranquillité, de la perte de ma vie. Eh! puis-je y être attachée? elle va m'être affreuse. Je m'arrache à l'objet dont j'aurois voulu ne me séparer jamais. Je n'ai plus rien à craindre, ni à regretter.

Gloire imaginaire ; devoirs affreux, préjugé que j'abhorre & respecte, vous me privez de mon amant. C'est donc à vous que j'immole aujourd'hui bien plus que moi.... Non, jamais je ne l'aurois pu, si je n'avois pas vu hier, que le sentiment le plus tendre, & dont je vous donne des preuves si vraies, faisoit bien plus votre tour-

ment que votre félicité. Mes forces
m'abandonnent. Jamais je ne vous ai
tant aimé, & si je disois un mot de
plus, ce seroit peut-être.... Ne nous
voyons plus.... Adieu....

# LETTRE LXVII.

## *Du Chevalier, à Mad. de Senanges.*

QUEL affreux réveil ! qu'ai - je
éprouvé en lisant votre lettre ! Un
frémissement universel s'est emparé
de moi, &, dans ce moment, j'eusse
desiré mourir, si j'avois pu serrer
votre main, lire mon pardon dans
vos yeux, & emporter la satisfaction
d'être encore aimé... Vous, m'éviter !
ne me plus voir !... O ciel ! vous le
voulez.... Un coup de poignard m'eût
été moins sensible que cet arrêt.... Le
voilà donc ce bonheur que j'attendois
de l'amour le plus tendre ! Il faut renoncer à tout.... Il faut vous fuir.....
Je ne puis prononcer ce mot sans la
plus profonde douleur. Je voudrois
que vous puissiez entendre mes cris,
& les sanglots d'un cœur que vous
assassinez.... Je tombe à vos pieds.

Ma généreuse, mon adorable amie, s'il vous reste une étincelle d'amour, que dis-je ?... si la pitié vous parle en ma faveur, pardonnez-moi, pardonnez des reproches que je déteste, dont je rougis, dont je suis la victime...... Aimez-moi toujours, ne m'abandonnez jamais.... Je vous jure dans cet instant sacré, dans cet instant de pleurs, de déchirement & de désespoir, que je vais mettre mon étude éternelle à vous faire oublier le crime trop excusable, hélas! de mon ivresse & de vos charmes. Je vous plairai par mes sacrifices: ils ne me seront point pénibles, non, encore une fois, ils ne me le seront pas, recevez-en le serment....

Ne m'accablez point, ne me livrez point à moi-même. Si vous êtes inflexible, je pars, je cours m'ensevelir.... je suis hors de moi, je ne me connois plus.... voulez-vous ma perte? Daterai-je mon infortune du jour où je

me suis énivré d'amour pour vous ?
Hélas ! je suis assez puni , & vous-
même, cruelle, vous-même, si vous
pouviez me voir , vous croiriez que
je le suis trop. Ecrivez-moi, je vous
en conjure, & permettez - moi d'aller
sur le champ me jetter à vos pieds ,
ou vous deviendrez coupable à votre
tour. Je vous croirai barbare, si vous
n'êtes pas sensible, dans le moment
où je mérite le plus que vous le soyez.
Gardez - vous de m'interdire votre
présence ; elle est ma vie. Ma faute
m'éclaire, elle va épurer mon cœur....
il sera délicat , désintéressé, il sera
digne de vous. Haïssez-moi, mépri-
sez-moi , si je trahis ma promesse.
Vous que j'adore, que j'idolâtre, ne
craignez point que je manque de courage. L'excès du sentiment me sou-
tiendra ; il me donnera la force de
souffrir, ou plutôt il suffira pour mon
bonheur.

J'attends votre réponse, elle va

decider de mon sort, songez-y; je
tremble......les minutes vont me paroître des siécles.... adieu... seroit-ce
pour jamais ?... Je n'en puis plus; je
tombe d'accablement , & à force de
pleurer, je ne vois plus ce que j'écris.

# BILLET

*De Mad. de Senanges au Chevalier.*

Hélas ! non , je ne suis point barbare. Votre douleur , votre lettre, vos promesses , je céde à tout cela , je vous verrai.... ah ! puis-je vous affliger ? Songez à vos sermens , mon cœur les reçoit , il ose y compter. Mon état ne differe pas du vôtre.... Je vous aime plus que ma vie, je vous verrai aujourd'hui , je vous verrai, j'y consens.... ah Dieu !.... résister à vos larmes ! je ne le puis....

# BILLET

*De Mad. de Senanges, au Chevalier.*

Ah! plaignez-moi, ne suis-je pas obligée d'aller passer quelques jours au château de * * *, chez Madame de * * * ma parente? Je vais la voir tous les ans dans les premiers jours de Septembre, & c'est un devoir dont je ne puis me dispenser. N'allez pas m'en vouloir, je vous quitte, hélas!... vous n'êtes que trop vengé.

# LETTRE LXVIII.

### *De Mad. de Senanges au Chevalier.*

QUAND je suis arrivée ici, on étoit à la promenade. J'ai passé deux heures à relire vos lettres ; à songer à vous, & j'attendois sans impatience le retour de plusieurs personnes qui sont, comme moi, habitantes de ces lieux.

Quelles sont heureuses, toutes les femmes avec lesquelles je suis ! je les crois indifférentes ; rien ne trouble leur repos, leurs jours sont sereins, leurs nuits tranquilles, elles jouissent de tout ; & moi, dans l'ombre des forêts, comme au milieu du tumulte de Paris, je suis toujours la même. Le calme de la campagne n'en apporte point à mon cœur. Il n'est qu'un plaisir, qu'un bien, qu'un bonheur pour moi ; mes yeux même n'apperçoivent plus le reste.

J'étois hier dans un bosquet où la
lumiere pénetre à peine, inaccessible
à tout, excepté à l'amour. Votre
image l'embellissoit, votre absence
m'y faisoit soupirer, & malgré ce que
j'y désirois, j'aimois à y être. Le silence de ce lieu, son obscurité, un
ruisseau dont le murmure invite à la
rêverie ; tout s'y rassemble pour charmer les indifférens, & enivrer ceux
qui ne le sont plus. J'y restois, je ne
pouvois le quitter, & j'y serois encore, si l'on n'étoit venu m'en arracher ; mais tout cela n'est rien, sans
ce qu'on aime ? Quand les autres ad-
mirent, moi je regrette. La nature
feroit un effort pour moi, elle deviendroit plus belle & plus riche, elle
étonneroit davantage l'univers, qu'elle
ne m'offriroit que mon amant.

# BILLET.

### *Du Chevalier à Mad. de Senanges.*

ENFIN vous voilà de retour ! je
renais.... l'air qui m'environne m'est
moins nécessaire que votre présence :
me tiendrez-vous parole ? Exécute-
rons - nous le charmant projet que
nous avions formé avant votre départ ? Que j'ai de choses à vous dire !
j'ai reçu des lettres de Mad. d'Ercy,
je vous les montrerai.... Elle a déja
chassé le Marquis, & ne demandoit
pas mieux que de me rappeller ; vous
jugez comment cette fantaisie prendra sur moi ; elle est déchaînée contre
vous ; elle s'exhale en menaces, &
jure de vous poursuivre jusqu'à son
dernier soupir. Le caractere de cette
femme m'épouvante ; mais n'en redoutez rien. Je veillerai sur ses dé-

marches, & je saurai bien vous mettre à l'abri de ses noirceurs, je ne
voulois pas y croire. Le Marquis part
avec le Maréchal de * * * son oncle,
nous allons en être débarrassés ; quels
êtres ! oublions - les pour ne nous occuper que de notre amour ; songez à
ce que vous avez promis ; je vais donc
vous revoir !

# LETTRE LXIX.

*De Mad. de Senanges, au Chevalier.*

Eh bien ! venez, mon cher Chevalier, venez souper ce soir avec moi :
nous serons seuls ; vous l'avez souhaité, j'y ai réfléchi, & j'y consens.
Je trouve au fond de mon cœur tout
ce qui peut m'assurer du vôtre, &,
dans le sacrifice d'une vaine chimere
de bienséance, le plus doux des plaisirs. Mon amour est pur, le vôtre n'est
pas moins honnête ; ma conscience
est tranquille : elle s'endort dans le
sein de la probité. Je suis sous la sau-
ve-garde de mon amant ; l'ombre du
doute seroit injurieuse à tous deux ; &
si jamais je dois craindre l'un de nous,
il est impossible que ce soit lui. Tout
nous sert, le ciel même nous favorise ;
je ne l'ai jamais vu si serein ; pas un
nuage qui l'obscurcisse ; depuis que
                                        vous

vous m'aimez, la nature est plus riante : on se plaint aujourd'hui de la chaleur ; eh bien ! l'abattement où elle me
jette a du charme pour moi ; & puis,
j'ai une idée, un projet qui m'enchante. Nous souperons dans le joli bosquet qui est sous mes fenêtres ; nous
aurons le plus beau clair de lune du
monde ; sa lumiere est faite pour l'a-
mour. Point de riches tapis, point de
lambris dorés ; des gazons bien frais,
des palissades de chevrefeuilles & de
jasmins, des arbres bien verds, voilà
le lieu où vous serez attendu. Nous
n'y regretterons point l'art ; & nous
jouirons à la ville, de la simplicité des
campagnes. Tout ce que les indifférens
n'apperçoivent point, sera senti : nous
serons ensemble. Non, il n'est de volupté vraie que celle qui est pure ; l'a-
me ouverte au remords est fermée au
bonheur. Nous nous aimerions moins,
si nous avions quelque chose à nous
reprocher. Combien j'aime à me dire !

*I. Partie.*           T

je lui confie le soin de ma gloire; elle lui est aussi chere qu'à moi-même: son cœur est mon bien, son estime est ma vie; il le sait, & ne peut l'oublier. Il ne ressemble point aux autres hommes; je l'aime, il est heureux: ma confiance est fondée. Celui qui mérite un sentiment, n'exige point de preuves; l'aveu du mien n'est pas un tort, mon amant est vertueux.

Mais comment ai-je pu combattre un penchant dont vous étiez l'objet? Il m'affligeoit, je vous ai craint; que j'étois injuste & malheureuse!

Adieu; je sors pour affaires, je rentrerai pour vous recevoir. Mon cœur est pénétré d'une joie bien douce; nulle allarme ne s'y mêle. Que j'aurai de peine à ne pas dire votre nom à mes juges! Vous m'avez donné l'être; un néant affreux m'environnoit; j'existe enfin, je vis pour vous.

❧❦

# LETTRE LXX.
## Du Chevalier au Baron.

QU'AI-JE fait , malheureux ! j'ai
trahi la confiance, l'amour; je dirois
presque la probité, s'il étoit possible
que l'être qui la respecte en vous , l'eût
tout-à-fait perdue. Non , mes remords
n'ont point assez expié ma faute. Je
me condamne à rougir devant vous.
La honte est le supplice, & le besoin
du coupable qui appartient encore à
la vertu: je me dégrade à vos yeux ,
pour me réhabiliter aux miens.

J'étois heureux ; j'avois l'espoir de
l'être davantage; j'ai tout détruit. Par
où commencer un récit affligeant pour
votre ame , flétrissant pour la mienne ?... Ah ! cette foiblesse est un tort
de plus....

Vous le savez , je m'applaudissois
des impressions que je faisois par degrés sur le cœur de Mad. de Senanges ;

chaque jour développoit un sentiment
en elle, & voyoit éclore un plaisir
pour moi. Je crus que je ne pourrois
survivre à l'aveu de sa tendresse. La
rigueur des devoirs qu'elle m'impo-
soit étoit adoucie par le charme de
lui obéir; les retours sur moi - même
étoient plutôt des recueillemens de
l'amour, que des desirs d'en augmenter les droits. Je luttois contre des
sens actifs, un physique tout de feu,
par le secours d'une ame plus ardente
encore, & je me nourrissois de cet
orgueil délicat qui fait jouir de ce que
le cœur sacrifie.

Mad. de Senanges alla passer quelques jours à la camgagne. Je l'avois
suppliée, avant son départ, de me
donner à souper tête à tête avec elle,
le soir même de son retour; ( c'étoit
hier ) elle me l'accorda par un excès
de confiance qui la peint, qui m'accuse, & me rend plus criminel. Jamais
malheur ne fut précédé par des apparences si riantes, hélas! & si trom-

peuses. Tout étoit préparé sous le berceau le plus solitaire du jardin. La lune qui perçoit à travers les charmilles, sembloit se plaire à éclairer de ses rayons mystérieux le bonheur de deux amants. Un vent frais agitoit à peine les bougies, mais nous envoyoit tous les parfums, dont l'air étoit embaumé. Les étoiles brilloient du feu le plus doux. Je voyois la nature plus intéressante, je la voyois à côté de Mad. de Senanges, & tout ce qu'elle embellissoit, me sembloit être son ouvrage. Avec quel attendrissement je contemplois cette femme charmante à qui j'étois redevable d'une existence dont je n'avois pas encore d'idée. Vous peindrai-je sa gaîté douce & spirituelle à la fois? Elle se livroit à son amant avec la sécurité de l'innocence, l'estimoit assez pour n'en rien craindre, & croyoit trouver sa sûreté dans la naïveté même de son abandon. Je ne sais quelles délices ignorées jusqu'alors, couloient au fond de mon ame, & la pénétroient d'une joie inexprimable & profondément sentie.

Après le souper, nous nous perdîmes dans le petit bois, &, quoique je fusse embrâsé de tous les feux du desir, je n'eus pas à me reprocher la tentation d'une témérité; je n'imaginois pas que mon bonheur pût aller plus loin...j'étois à côté d'elle; j'étois seul avec elle; j'étois aimé. L'excès de ma félicité sembloit m'interdire une espérance qui, en me promettant des plaisirs plus vifs peut-être, m'en auroit ôté de plus délicats. Un enthousiasme secret m'élevoit au dessus de moi-même; il est des momens où l'amour a quelque chose de sublime.

L'heure où elle se couche, cette heure fatale vint à sonner, & je crus soudain qu'un rideau se tiroit sur toute la nature. J'obtins cependant que nous ferions encore un tour de promenade, avant de nous séparer. Un seul moment qu'elle m'accorda

fût la cause de mon crime. Je ne re-
marquai qu'alors une des portes du
jardin, par laquelle on peut sortir de
chez elle ; je me souvins qu'une fois,
en plaisantant, j'avois essayé de l'ouvrir avec une de mes clefs, & que j'y
avois réussi ; ce souvenir me fit naître
l'idée bien innocente dans son principe, mais affreuse dans ses effets, de
rester jusqu'au jour, & de respirer, au
moins, le même air que Mad. de Senanges. Je la reconduisis, & la quittai
avec moins de regret , dans l'espérance de veiller près d'elle.

Alors je feignis de me retirer, & ,
sans que ses gens m'apperçussent, je
me glissai dans le jardin, où je me fé-
licitois d'une supercherie que justifioit
à mes yeux la pureté de mes intentions. J'atteste ici l'honneur, j'en jure
par Mad. de Senanges elle-même; j'é-
tois aussi loin de former un projet qui
pût l'offenser, que de renoncer à mon
amour pour elle. Je me livrois à l'en-

chantement de ma situation; j'ouvrois
mon ame à une foule de sensations in-
connues aux amans ordinaires; mon
imagination se remplissoit d'une fée-
rie voluptueuse; tous les rêves du bonheur venoient enivrer mes sens & alié-
ner mes esprits... je n'habitois plus la
terre. Le silence de la nuit, son calme
attendrissant, la clarté sombre des
cieux me partageoient entre l'extâse
& le délire; je me croyois dans un
sanctuaire, dont Mad. de Senanges
étoit la divinité.

Les fenêtres de sa chambre étoient
restées entr'ouvertes, à cause de l'ex-
cessive chaleur; on n'avoit baissé que
les jalousies. Je m'en approchai en
tremblant: je retenois mon haleine;
mon cœur palpitoit; des larmes brû-
lantes tomboient de mes yeux; &,
sans m'appercevoir du desir, j'étois
comme accablé par l'excès de mon
amour. Revenu de ces défaillances,
de ces langueurs passionnées, j'allois

chercher les vases de fleurs qui ornent le parterre, & je les plaçois sous sa croisée, afin que leurs parfums pûssent arriver plus vîte jusqu'à ma belle maîtresse.

Enfin, le jour se leve, & m'avertit de m'éloigner. Je ne sais quel démon ennemi de mon bonheur, me suggéra le desir coupable de la voir, de l'admirer pendant son repos. Les fenêtres de sa chambre sont fort basses & presqu'au niveau du jardin; voici l'instant du forfait, de la honte & du repentir.

Un frémissement s'empare de moi; je m'arrache de ce lieu, j'y suis ramené; je le quitte encore, j'y reviens toujours. D'une main à la fois audacieuse & timide, je leve les jalousies; je franchis ce foible obstacle, & me voilà dans l'asyle que j'aurois dû respecter ! Quel tableau ! Mad. de Senanges endormie ! c'est la peindre que la nommer. Jamais rien de si ravissant ne s'offrit à mes regards; ses paupieres formoient un voile qui, en cachant l'éclat de ses yeux, n'empêchoit pas qu'on n'en dévinât la beauté. Une gaze légere laissoit appercevoir la blancheur de son sein.... Que dis-je! son attitude, quoiqu'abandonnée, étoit encore décente; la pudeur ne peut la quitter, même pendant le désordre du sommeil. J'étois immobile d'admiration & de plaisir; je n'entrevoyois pas même la possibilité d'attenter à ses charmes. C'étoit mon ame qui jouissoit; mes sens étoient enchaînés par le respect, & je m'étois prosterné devant cet ange dont je n'osois approcher.

Acheverai-je, ô ciel! ai-je pu survivre à cet oubli de moi-même! cher baron, tandis que je m'enivrois à genoux d'une vue aussi dangereuse; Mad. de Senanges me parut agitée d'un rêve qui lui arrachoit par intervalles quelques mots confus & inarticulés. Parmi ces paroles peu distinctés, je lui entends prononcer mon nom. Je ne peux vous exprimer ce que je sentis dans ce moment : mes yeux ne voyoient plus, un nuage m'environnoit ; il sembloit que mon cœur se détachât de moi pour s'élancer vers elle ; je crus qu'elle m'avoit appellé ; je crus que ses bras s'étendoient pour me chercher ; je m'y précipite ; mes levres ardentes se collent sur les siennes ; je couvre son sein de baisers, & mes caresses alloient ne plus connoître de frein.... Elle s'éveille avec des cris affreux & un effroi.... que je méritois d'inspirer....

Combien la vertu est imposante! que son indignation est terrible! Mad. de Sénanges me reconnoît, me foudroie d'un regard, & m'anéantit avec ce seul mot : *lâche, & c'est ainsi que tu aimes!* Mes yeux se noient de larmes, je veux répondre, & ne le puis ; ma voix se perd dans les sanglots ; je sors avec la confusion, le trouble, le déchirement & les remords d'un vil scélérat qui vient de profaner un temple, & de commettre un sacrilége.

Heureusement aucun des gens n'étoit encore levé. Me soutenant à peine, je descends dans le jardin, dans ce jardin si beau il n'y a qu'un instant, & qui me parut affreux alors : je gagne la porte, je l'ouvre & m'échappe. Rentré chez moi, je m'évanouis : le fidéle Dumont me donne envain du secours, je reste sans connoissance pendant près de deux heures, & je ne la reprends que pour vous faire ce récit, qui contient ma destinée. Je ne vous demande point de conseils ; il n'en est plus pour moi. Accablez-moi de reproches ; je les mérite. J'ai tout perdu ; je suis le plus coupable des hommes ; mon ami, perdrai-je aussi votre estime ?

*Fin de la premiere Partie.*